KB032375

가끔씩 툭하고
러시아어로 부끄러워하는
옆자리의 아랴 양
Иногда Аля внезапно кокетничает по-русски
Любитель женских ножек

"저희는
소꿉친구 사이예요."
"(바보라고 말했어.)"
스오우 유키
예전에 귀족이었던 가문 출신의 상류층 아가씨이며, 학생회에서 홍보를 맡고 있다. 또한 마사치카의 소꿉친구이기도 하다. 아리사와 어깨를 나란히 하는 학년 2대 미희(美姬)이며, 『온실 속의 공주님』이라 불리고 있다.
아리사 미하일로브나 쿠죠
학년 1등의 성적을 자랑하며, 학생회에서 회계를 맡는 우등생. 학년 2대 미희 중 한 명이며, 『고고한 공주님』이라 불리고 있다.
마사치카에게 항상 잔소리를 하지만, 가끔…….

"아니…… 왜, 러시아어로
부끄러운 소리를 하는 건데?"
쿠제 마사치카
오타쿠 취미로 밤새우는 게 일상인,
기본적으로 의욕 없는 열등생.
옆자리의 아리사에게 잔소리를 듣고
있다. 성적은 하위권 중간 정도지만,
실은 러시아어를 알아듣는다.

"굿 모~닝."

"어때?"

목차

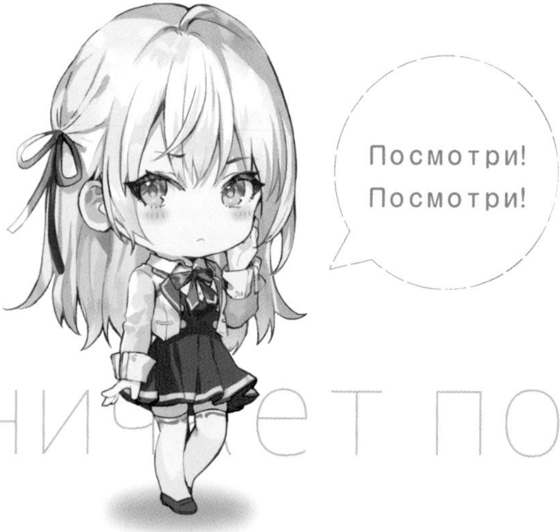

가끔씩 툭하고 러시아어로 부끄러워하는 옆자리의 아랴 양

SUN SUN SUN 지음
모모코 일러스트
이승원 옮김

프롤로그 고고한 공주님과 나태한 이웃 사람

사립 세이레이 학원.

정재계에서 활약하는 졸업생을 오랫동안 배출해온, 일본 최정상급 학력 수준을 자랑하는 중고교 및 대학 에스컬레이터식 학교다. 그 역사는 매우 오래됐으며, 한때는 귀족 같은 상류층 자녀도 다수 다녔다고 하는 유서 깊은 명문 학교이기도 했다.

그런 전통 있는 학교로 이어지는 가로수길을 걷는 학생들.

그들은 친구나 클래스메이트와 이야기를 나누며 즐겁게 학교를 향해 걷고 있었지만, 한 여학생이 교문을 지나며 모습을 드러낸 순간, 분위기가 달라졌다.

그녀를 본 이들은 하나같이, 놀라움과 경탄을 드러내며 그 모습을 눈으로 좇았다.

"우와아. 저 애, 누구야? 진짜 예쁘네~."

"너, 몰라? 일전의 입학식 때, 신입생 대표로 인사를 했었잖아. 바로 그 마리야 씨의 여동생이야."

"그때는 멀리서 봤으니까…… 하아, 끝내주네. 가까이에서 보니, 마치 요정 같아."

"정말 그렇다니깐. 같은 여자에 연상인 나조차도 왠지 압도당할 것만 같아."

순수한 일본인은 꿈도 못 꿀 만큼 새하얀 피부, 사파이어 같은 빛을 뿜고 있는 아름다운 푸른색 눈동자.

그리고, 아침 햇살을 받아 찬란히 빛나고 있는, 하프업 헤어스타일의 긴 은발.

러시아인 아버지에게 물려받은 또렷한 이목구비 속에서 일본인 어머니에게 물려받은 동양적인 부드러움이 감돌고 있는 아름다운 용모.

또한 여성치고는 큰 키와 가녀린 손발, 그리고 나올 곳은 나오고 들어간 몸매는 그야말로 이상적인 여성미를 구현하고 있었다.

거기에 색감이 더해지면서 완성된 비현실적인 미모를 지닌 그녀의 이름은 아리사 미하일로브나 쿠죠. 작년에 세이레이 학원 3학년으로 전학을 온 후로 시험에서 항상 전교 1등. 못 하는 운동도 없는 데다 올해부터 학생회에서 회계를 맡고 있는, 그야말로 완벽 초인이라 해도 과언이 아닌 천재다.

"이봐, 저기 봐."

"어? 우와! 쿠죠 양이잖아! 아침부터 재수가 좋네."

"저기, 네가 가서 인사하고 와."

"무리야, 무리! 그런 황송한 짓을 어떻게 하냐고!"

“에이, 미소녀만 봤다 하면 들이대고 보는 너답지 않네. 겨우 인사 좀 해보란 건데, 왜 정색하는 거야?”

“멍청아! 레벨, 아니, 차원이 다르다고! 그런 소리 하는 네가 말을 걸어봐!”

“싫어. 괜한 짓 했다가 다른 남자애들한테 찍히기 싫거든.”

남녀 가리지 않고 주위에서 쏟아지는 선망의 눈길. 다들 자연스럽게 걸음을 늦추며 좌우로 피하는 가운데, 그녀는 개의치 않는다는 듯 당당히 길 한복판을 걸었다.

바로 그때, 한 남학생이 그녀에게 다가갔다. 그 인물을 본 주위 학생들이 술렁거렸다.

“안녕. 기분 좋은 아침이야.”

그렇게 말하며 상큼한 미소를 지은 남학생을 걸음도 멈추지 않으며 힐끔 쳐다본 아리사는 넥타이 색깔로 상대가 선배라는 것을 확인하며 가볍게 인사를 건넸다.

“안녕하세요.”

“응, 안녕. 만나서 반갑다, 고 해야 하려나? 나는 2학년인 안도라고 해. 네 언니의 클래스메이트지.”

“그런가요.”

안도라고 자기 이름을 밝힌 남학생은 머리카락을 갈색으로 염색했고, 교복 또한 약간 흐트러진 느낌으로 입고 있었다. 옷깃 사이로 은제 액세서리를 드러낸 그는 잘나가는 멋쟁이 같은 느낌이 감도는 미남이지만, 아리사의 반응은

쌀쌀맞았다.

그의 달콤한 미소에 주위 여자애들이 새된 비명을 지르는 가운데, 아리사는 낯빛 하나 바꾸지 않으며 담담히 응대했다.

"네 언니한테서 이야기를 자주 들었어……. 전부터 만나 보고 싶었지. 어때? 괜찮다면 점심때 같이 식사라도 하지 않겠어?"

"아뇨, 됐어요."

그녀가 망설이는 기색조차 보이지 않으며 매몰차게 대꾸하자, 안도는 희미하게 쓴웃음을 머금었다.

"하하…… 매정한걸. 그럼 하다못해 연락처라도 교환하지 않겠어? 너에 대해 더 알고 싶거든."

"죄송하지만, 저는 당신에게 흥미가 없어요. 다른 용건이 없다면 이만 실례하겠어요. 아, 그리고—."

아리사는 안도를 향해 시선을 보내더니, 그의 목덜미를 손가락으로 가리켰다. 자신을 향한 그 눈길과 손가락을 본 안도는 무심코 미소를 지우더니, 눈을 치켜뜨며 몸을 뒤로 젖혔다.

"……그건, 교칙 위반이에요."

안도의 동요한 모습 따위는 안중에 없다는 것처럼 그가 착용한 은제 액세서리를 손가락으로 가리키며 그렇게 말한 후, 아리사는 「그럼 이만」 하고 말하며 다시 걸음을 옮겼다. 주위에서 마른침을 삼키던 학생들은 그 광경을 보고 다시 술렁거렸다.

"우와, 2학년 여학생 사이에서 인기가 톱클래스인 안도 선배를 걷어차 버렸어. 그야말로 고고한 공주이네."

"대체 얼마나 눈이 높은 거야……. 저 애의 눈에 차는 남자가 존재하긴 할까?"

"애초에 남자한테 흥미가 없는 거 아냐? 아깝네. 저렇게 미인인데 말이야."

"아니, 오히려 누구의 것도 되지 않을 테니 안심되지 않아?"

"하긴 그래. 우상이란 의미에선 웬만한 아이돌보다 더 아이돌 같아. 계속 쳐다보고 있을래. 아니, 숭배할래."

"저기, 그 정도까지 가면 징그럽거든? 뭐, 심정은 이해해."

자신의 등 뒤에서 그런 대화가 펼쳐지고 있다는 걸 알 리 없는 아리사는 건물 안으로 들어가더니, 신발장에서 꺼낸 실내화를 신고 교실로 향했다.

아까 말을 걸어왔던 남학생 따위는 이미 그녀의 머릿속에 존재하지 않았다.

그 정도 일은 그녀에게 있어 기억할 가치도 없을 만큼 흔한 일이기 때문이다.

주목을 받는 것도, 누군가에게 구애를 받는 것도, 아리사에게 있어서는 흔하디흔한 일상의 한 페이지에 지나지 않는다. 그리고, 자신이 매몰차게 걷어차 버리는 것도 말이다.

교실에 도착하자, 클래스메이트가 문을 연 그녀를 주목했다.

이 또한 매일같이 일어나는 일이기에, 아리사는 개의치 않으며 창가 가장 뒤편에 있는 자기 자리로 향했다.

그리고, 가방을 책상 옆에 걸더니, 태연한 척하며 오른쪽 옆자리를 쳐다봤다.

그곳에는 그저 이름 순서로 자리를 배치했다는 이유만으로, 1년 넘게 이웃으로 지내고 있는 남학생이 있었다.

고등부 1학년의 2대 미희(美姬) 중 한 명으로 칭송되는 아리사의 옆자리라고 하는, 수많은 남학생이 부러워할 포지션을 1년 넘게 차지한 그— 쿠제 마사치카는, 현재…….

"…………, …….."

책상에 엎드린 채, 아침부터 퍼질러 자고 있었다.

유서 깊은 명문 학교 학생답지 않은 그 모습에, 이제까지 표정에 전혀 변화가 없던 아리사가 눈을 가늘게 떴다.

"좋은 아침이야, 쿠제."

"……."

아리사가 인사를 했는데도, 책상 위에 올려둔 두 팔을 베개 삼으며 엎드려 있는 마사치카는 전혀 반응을 보이지 않았다. 아무래도, 단순히 책상에 엎드려 있는 게 아니라, 완전히 곯아떨어진 것 같았다.

인사를 무시당한 아리사가 눈을 더욱 가늘게 뜨자, 그 모습을 본 클래스메이트들의 얼굴이 점점 굳어갔다.

마사치카의 오른쪽 대각선 자리의 남학생이 「이, 이봐~, 쿠제? 일어나~」 하고 말을 걸었지만, 그가 그 목소리를 듣고 깨어나기도 전에…….

텅!

"구혹?!"

갑작스러운 타격음과 함께 마사치카의 책상이 옆으로 미끄러지자, 그는 괴성을 지르며 벌떡 일어났다. 옆에 서 있던 아리사가 마사치카의 책상을 걷어찬 것이다.

그 모습을 본 주위의 학생은 일제히 「아아~」 하고 탄식하며 고개를 돌렸다.

성적이 우수하고 행실이 바른 우등생인 아리사는 기본적으로 타인에게 관심이 없을 뿐만 아니라 간섭을 하지 않는다. 하지만 이 학교 불성실 학생 대표 격인 옆자리 학생에게는 예외적으로 매우 엄격하단 사실은 1학년 사이에서 모르는 이가 없다.

매일같이 모멸감을 드러내며 신랄한 어조로 잔소리를 하는 아리사와 그것을 한 귀로 흘려듣는 마사치카의 모습을 목격해온 만큼, 다들 이미 익숙해졌다.

"좋은 아침이야, 쿠제. 또 심야 애니를 본 거야?"

아직 상황 파악을 하지 못한 마사치카에게, 아리사는 아무 일도 없었다는 표정으로 인사를 건넸다.

그 목소리를 듣고 눈을 껌뻑이며 옆쪽을 올려다본 마사

치카는 그제야 상황 파악을 한 것처럼 어깨를 으쓱하더니, 머리를 긁적이며 아리사에게 인사를 건넸다.

"아…… 좋은 아침이야, 아랴. 뭐, 네 말대로야."

마사치카가 입에 담은 아랴란 호칭은 아리사의 러시아식 애칭이다.

몰래 그렇게 부르는 학생이라면 꽤 있지만, 본인 앞에서 그 애칭을 쓰는 남학생은 이 학교를 통틀어도 마사치카 뿐이다.

마사치카가 무모해서 그런지, 아리사가 관용적이라 그런지는 주위에서 알 바가 아니지만 말이다.

숙면을 방해받은 걸로 모자라 차가운 시선까지 받고 있는데도 불구하고, 마사치카의 태도는 느긋하기 그지없었다.

그 느긋한 태도를 본 클래스메이트들이 어이없음과 감탄이 섞인 시선을 보냈지만, 마사치카는 딱히 특별한 일을 한다고 생각하지 않았다. 왜냐하면…… 그는, 눈치챘기 때문이다.

(『구흑?!』이 뭐야? 『구흑?!』이라니, 푸풉. 이상한 소리를 내네.)

자기를 내려다보는 아리사의 눈에는 혐오감이 어려 있지 않고, 그 눈 깊숙한 곳에 웃음기가 어려 있다는 것을.

괴성을 지르며 벌떡 일어선 자신을, 마음속으로 매우 재미있어하고 있다는 것을.

하지만 그런 자신의 마음을 들켰다는 것을 모르는 눈치인 아리사는 자기 자리에 앉으면서 어이없다는 투로 말했다.

"너도 참 못 말리겠네. 수면 시간을 줄여가며 애니를 보고, 학교에 와서 졸면 어떻게 해."

"아니, 애니 자체는 한 시에 끝났는데…… 그 후의 감상회가 꽤 길어졌거든."

"감상회? 아, 인터넷으로 감상평을 주고받는 거야?"

"아냐. 오타쿠 친구와 전화로 감상회를 했어. 거의 두 시간 정도."

"바보 아냐?"

아리사가 경멸에 찬 눈길로 쳐다보며 그렇게 말하자, 마사치카는 아련한 눈길로 공허한 미소를 머금었다.

"훗…… 바보, 라……. 그래. 때와 장소를 가리지 않으며 작품에 대한 사랑을 논하는 자를 바보라고 부른다면, 나는 바보일지도 모르지……."

"미안해. 그냥 바보가 아니라, 구제할 길 없는 바보인 것 같네."

"아랴 양은 오늘도 컨디션이 좋네."

아리사의 인정사정없는 독설도, 마사치카는 장난스럽게 어깨를 으쓱하며 흘려 넘겼다.

그런 마사치카의 태도를 본 아리사가 어찌할 도리가 없다는 듯 고개를 설레설레 저었을 때, 조례 3분 전을 알리는 종이 울렸다.

학생들이 자리로 돌아갔고, 아리사도 정면을 향해 몸을 돌리면서 가방 안에 있는 교과서와 공책 등을 꺼내서 책상 위에 올려놓기 시작했다.

명문 학교답게 질서정연하게 담임 선생님을 기다리는 학생들 사이에서, 크게 기지개를 켠 마사치카는 한 번 더 하품을 하면서 눈물이 맺힌 눈을 껌뻑였다.

그 모습을 곁눈질하던 아리사는 창문을 쳐다보며 후훗 하고 웃음을 흘리더니, 러시아어로 작게 중얼거렸다.

귀여워
【Милашка.】

"하암, 뭐라고 한 거야?"

"별거 아냐.『꼴사나워』하고 말했어."

그리고 그 중얼거림을 들은 마사치카를 향해, 시치미를 떼는 표정으로 그렇게 말했다. 아리사가 그렇게 얼버무리자, 마사치카는 자기가 하품하는 모습을 보고 그렇게 말했다고 여기는지「그거 미안하네」하고 중얼거리더니, 이번에는 손으로 입가를 가리며 하품을 했다.

그런 마사치카를 본 아리사는 그를 무시하는 표정을 짓더니, 다시 창가를 향해 고개를 돌리며 미소를 머금었다. 마사치카에게 표정을 숨기면서, 마음속으로 이렇게 외쳤다.

(바보~, 전혀 눈치 못챘네~. 후훗.)

아리사는 턱을 괴는 척하며 씰룩거리는 입가를 가렸다. 그런 그녀의 등을, 마사치카는 왠지 안타까움이 어린 눈길로 쳐다봤다.

(저기, 전부 눈치챘거든?)

아리사는 모른다.

실은 마사치카가 러시아어를 알아듣는다는 것을. 아리사가 가끔씩 툭하고 러시아어로 중얼거린 말을, 마사치카가 전부 알아듣는다는 것을.

그리고 언뜻 듣기에는 정나미 떨어지는 이런 대화의 이면에서 우스꽝스러운 꽁냥꽁냥이 벌어지고 있다는 것을, 주위 학생 중 누구도 알지 못했다.

제 1 화 무료 가챠를 놓치면 정말 분하지 않아?

"어라?"

책상 안을 뒤지고, 이어서 가방 안을 뒤진 후, 마지막으로 교실 뒤편에 사물함 안까지 확인한 마사치카는 약간 초조해하기 시작했다.

다음 수업에서 쓰는 참고서가 보이지 않았다. 교실의 시계를 보니, 다음 수업까지 2분 정도밖에 남지 않았다. 다른 반인 여동생에게 참고서를 빌리러 가기에는 촉박한 시간이었다.

결국 마사치카는 왼편에 있는 아리사에게 슬그머니 다가가서 두 손을 모으며 작은 목소리로 애원했다.

"저기, 아랴. 미안한데, 화학 참고서 좀 보여주면 안 될까?"

그 말을 들은 아리사가 어이없음과 귀찮음이 반씩 섞인 표정을 지으며 그를 돌아보았다.

"뭐? 또 깜빡한 거야?"

"응. 집에 두고 왔나 봐."

"하아…… 뭐, 좋아."

"고마워!"

아리사가 한숨을 내쉬며 고개를 끄덕이자, 마사치카는 재빨리 책상을 붙였다.

"쿠제…… 너, 깜빡할 때가 너무 많은 거 아냐? 고등학생이 되고도 전혀 줄지를 않네."

"어쩔 수 없잖아. 애초에 우리 학교는 교과서가 너무 많다고."

이 세이레이 학원은 사립 진학고이기에 수업에 쓰이는 교재의 양이 어마어마하다.

한 교과목에서 여러 종류의 교과서와 참고서가 쓰이는 건 당연한 일이며, 수업에 따라서는 교사가 직접 만든 오리지널 책자도 쓰였다.

게다가 전통을 중시해서 그런지 학생용 가방의 규격은 수십 년 전과 똑같아서, 하루치 교재와 공책을 전부 챙기기만 해도 가방이 포화 상태가 된다.

그래서 학생들은 사물함에 교재를 넣어두고 다니는데, 마사치카한테는 그게 문제였다.

"어제 책상 위에 없길래 사물함에 있는 줄 알았는데…… 예상이 빗나갔어."

"제대로 확인해보지 않은 거잖아? 뭘 가져갔고 뭘 두고 갔는지 파악하지 않으니까 이런 일이 벌어지는 거야."

"할 말이 없네."

"정말, 입만 살았다니깐."

"우와~, 신랄해~."

마사치카가 딱히 반성하는 기색도 없이 교과서 읽는 투로 그렇게 말하자, 아리사는 질렸다는 듯 어깨를 으쓱했다.

아리사는 화학 교과서를 책상 안에서 꺼내더니, 마사치카를 미심쩍은 눈길로 쳐다봤다.

"그런데, 어느 교과서가 없는데?"

"아, 이 파란색 녀석이야."

마사치카가 그렇게 말하자, 아리사는 그 교과서를 펼쳐서 두 사람의 책상 사이에 뒀다. 마사치카는 아리사에게 고맙다고 말한 후, 선생님의 수업에 귀를 기울였지만……

그 순간부터 졸음과의 사투가 시작됐다.

(틀렸어. 졸려~.)

수면 부족인데다, 2교시가 체육이었던 점이 마사치카를 궁지에 몰고 있었다.

그래도 공책에 필기할 때는 졸음을 이겨낼 수 있었지만, 선생님이 학생에게 문제를 풀어보라 시키기 시작한 순간부터 졸음이 엄청난 기세로 몰려왔다.

선생님과 클래스메이트의 대화가 마치 자장가처럼 들리더니, 곧 꾸벅꾸벅…….

"으극?!"

……졸기 시작한 순간, 마사치카의 옆구리에 샤프의 뚜껑 부분이 꽂혔다.

(가, 갈비뼈…… 갈비뼈의, 틈새……!!)

그 날카로운 기습 공격에 소리 없이 괴로워하면서도, 항의의 뜻이 담긴 시선을 옆쪽으로 보냈지만…… 순도 백 퍼센트 모멸의 시선에 요격을 당한 탓에, 목을 움츠렸다.

가늘게 뜬 푸른 눈이, 「나한테 교과서를 보여달라고 해 놓고 졸아? 배짱 한번 좋네」 하고 당당히 말하고 있었다.

"(잘못했어요…….)"

"흥."

졸음이 확 사라진 마사치카는 정면을 쳐다보며 작은 목소리로 사과했다.

그에 대한 대답은 모멸에 찬 코웃음이었지만 말이다.

"그럼 다음 빈칸에 들어갈 건 뭐지? 쿠제가 말해봐라."

"어, 아, 네."

그리고 선생님에게 지명을 당한 마사치카는 허둥지둥 몸을 일으켰다.

하지만 방금까지 잠을 자고 있었던 그가 대답할 수 있을 리가 없다.

애초에 어떤 문제였는지도 몰랐다. 도움을 바라며 옆을 힐끔 쳐다봤지만, 아리사는 시치미 떼듯 마사치카 쪽을 쳐다보지도 않았다.

"왜 그러지? 빨리 답해라."

"아, 으음……."

솔직하게 모른다고 대답할까. 그런 생각이 머릿속에 떠올랐을 때, 아리사가 한숨을 내쉬면서 교과서의 한 부분을 손가락으로 톡톡 두드렸다.

"윽! ②, 구리!"

마사치카는 마음속으로 아리사에게 감사의 뜻을 표하며, 그녀가 손가락으로 가리킨 선택지를 말했다. 하지만…….

"틀렸어."

"엥?"

바로 부정을 당하자, 마사치카는 얼빠진 목소리를 흘렸다.

(아니잖아~!)

마음속으로 절규를 하며 옆을 휙 쳐다봤지만, 아리사는 여전히 시치미를 떼고 있었다. 하지만, 유심히 보니 입가가 희미하게 씰룩이고 있었다.

"그럼 옆자리인 쿠죠가 말해봐라."

"네. ⑧, 니켈입니다."

"정답이다. 쿠제, 수업 시간에는 집중 좀 해라."

"아, 네……."

선생님에 질책을 들으며 힘없이 자리에 앉은 마사치카가 곧 아리사에게 작은 목소리로 항의했다.

"(오답을 가르쳐주면 어떻게 해!)"

"(나는 어느 문제인지 알려줬을 뿐이거든?)"

"(거짓말하지 마! 정확하게 ②를 가리켰잖아!)"

“(말도 안 되는 트집이네.)”

“(너, 지금 눈이 웃고 있거든?!)”

금방이라도 「우갸—!」 하고 외칠 것 같은 마사치카를 향해 놀리는 미소를 지은 아리사가 코웃음을 쳤다. 그리고, 러시아어로 작게 중얼거렸다.

【귀여워.】

부끄러움 섞인 한 마디가 느닷없이 들려오자, 마사치카는 볼이 씰룩거리는 것을 필사적으로 참았다. 그 반동으로 손이 떨리려 하는 것을 참으며, 어찌어찌 시치미를 뗐다.

“(뭐라고 한 거야?)”

“(바보라고 말했어.)”

마음속으로 「이 거짓말쟁이이이이잇—!!」 하고 절규했지만, 겉으로 드러내지 않았다.

마사치카가 러시아어를 알아듣는 건, 러시아를 매우 좋아하던 할아버지에게 영향을 받았기 때문이다.

초등학생 시절에 한동안 할아버지 집에 맡겨진 적이 있는데, 할아버지가 러시아 영화를 잔뜩 보여줬다.

마사치카는 러시아에 가본 적이 없고, 친척 중에 러시아 사람이 있지도 않다.

학교에서도 쓸 일이 없기에, 이 학교에서 마사치카가 러시아어를 알아듣는다는 걸 아는 사람이라고는 옆 반인 여동생뿐이다.

그리고 그 여동생에게도 입막음을 해뒀으며, 그 외에는 아무도 알지 못했다.

이제 와서는 빨리 커밍아웃을 하는 편이 나았을 거란 생각이 들었지만, 후회해봤자 이미 늦었다.

옆자리 미소녀가 러시아어로만 부끄러운 소리를 한다고 하는 이 수수께끼의 수치 플레이도, 전부 자신이 자초한 것이기에 받아들일 수밖에 없다.

가슴속에서 샘솟는 말로 형용 못 할 부끄러움을, 얼굴이 빨개진 채 입술을 깨문 마사치카는 한숨을 푹~ 내쉬면서 필사적으로 참아냈다. 마사치카가 분노를 삭이고 있는 거라고 착각한 아리사는 재미있어하며 중얼거렸다.

【갓난아기 같아.】

마사치카의 머릿속에서, 어린애로 변한 자신의 볼을 손가락으로 눌러보며 싱글벙글 웃는 아리사의 모습이 떠올랐다.

(오호라, 전쟁을 원하는 거냐.)

상대방이 자신을 깔보며 가지고 논다는 사실을 이해한 마사치카는 진지한 표정을 지었다.

(인마, 누가 갓난아기 같다는 거냐고……. 내 진심을 보여줄까.)

시계를 언뜻 쳐다보며, 수업 종료까지 시간을 확인했다.

(11시 40분. 10분 남았나…… 그 사이에, 어떻게든 반격,

을…….)

바로 그때, 마사치카는 엄청난 사실을 눈치채고 눈을 치켜떴다.

(아차! 오전 무료 가챠를 안 돌렸어!!)

통한의 실수다. 평소 같으면 집을 나서기 전이나 조례 전에 돌리는데, 오늘 아침에는 너무 졸려서 거기까지 생각이 미치지 않았다.

(큰일 날 뻔했네. 용케 눈치챘어, 나. 어쩔 수 없지. 다음 쉬는 시간에 돌리자.)

사고회로가 오타쿠 방면으로 기어 체인지를 한 마사치카는 아리사에게 갓난아기 취급을 당한 것은 안중에도 없어졌다. 그런 단순한 면이 갓난아기나 다름없다는 느낌이 들지만, 본인은 자각하지 못했다.

남은 수업 시간을 대충 보내고, 선생님이 교실을 나선 순간…… 책상을 원래 위치로 허둥지둥 되돌리면서 재빨리 스마트폰을 꺼낸 마사치카는 그대로 게임 앱을 켰다.

그 모습을 본 아리사가 눈살을 찌푸리며 주의를 줬다.

"긴급할 때와 공부에 쓸 때 말고는 교내에서의 스마트폰 사용은 교칙 위반이거든? 학생회 임원인 내 앞에서 배짱 한번 좋은걸."

"그럼 교칙 위반은 아니겠네. 긴급 상황이거든."

"……일단은 물어보겠는데, 뭐가 그렇게 긴급한 건데?"

어이없는 이유일 게 뻔하다는 눈길로 쳐다보는 아리사에게, 마사치카는 쓸데없이 당당한 표정을 지으며 말했다.

"무료 가챠가 10분 뒤면 끝나."

"스마트폰을 몰수당하고 싶어?"

"너는 그런 짓을 안 할 거라고 믿는다GO☆"

"진짜로 확 몰수해버릴까."

마사치카가 엄지를 치켜들며 어설프게 윙크하자, 아리사는 더욱 눈살을 찡그렸다. 하지만 마사치카는 딱히 개의치 않는지, 손에 든 스마트폰을 쳐다보며 말을 이었다.

"자~, 레어가 나오면 감지덕지…… 그것보다, 윙크는 참 오래간만에 해봤는걸. 의외로 난이도가 상당하다니깐."

"갑자기 무슨 소리야……."

"아, 그게 말이야. 아이돌이 하는 걸 본 적 있는데, 연예인 중에도 멋지게 윙크하는 사람이 몇 안 된다 싶거든."

"그래?"

"어라? 어렵지 않은 거야? 볼이나 입가에 힘이 들어가면서, 깜빡이라기보다 꾸욱 하는 느낌이 되지 않아?"

"안 그래."

"……호오. 그럼 어디 한번 보여주실까요. 진정으로 아름다운 윙크란 녀석을 말이지요."

고개를 든 마사치카가 도발적인 미소를 머금었다. 퉁명한 표정을 짓고 있던 아리사의 눈썹이 움찔거리더니, 이야기를 듣고 있던 주위의 클래스메이트가 술렁거렸다.

주위의 시선이 모이는 것을 느낀 아리사는 언짢은 표정을 지으며 마사치카를 향해 고개를 돌리더니, 크게 한숨을 내쉬었다.

"하아……. 자아, 잘 봐."

그리고 고개를 살짝 기울이면서, 멋진 윙크를 날렸다.

얼굴의 다른 부분에는 전혀 힘이 들어가지 않으면서, 자연스럽게 한쪽 눈만 깜빡였다.

고고한 공주가 윙크를 한다고 하는 그 귀중한 한 장면을 본 주위의 학생들은「오오!」하며 놀라움과 환성이 뒤섞인 소리를 냈고, 손뼉을 치는 이들도 있었다.

하지만 리퀘스트를 한 당사자인 마사치카는…….

"좋았어! SSR 츠쿠요미 납셨다! ……어라. 아, 미안해. 못 봤어."

"몰수야."

"NO!"

스마트폰을 빼앗긴 마사치카가 비명을 질렀고, 아리사는 그런 그를 매몰차게 내려다봤다.

아리사의 볼이 희미하게 홍조를 띠고 있는 건 분노 때문일까, 아니면 수치심 때문일까.

의도치 않게 아까 수업 시간에 당했던 것을 갚아준 셈이 됐지만, 마사치카는 그럴 의도가 없었다. 의도가 없었기 때문에 더 문제지만 말이다.

바로 그때, 머리를 맞댄 채 수군거리는 남학생 세 명의 목소리가 아리사의 귀에 전해졌다.

"(이, 이봐. 방금 그거 찍었어?)"

"(아니, 각도가 나빠서…….)"

"(훗, 나만 믿어. 윙크하는 순간을 찍었다고.)"

"(오오! 진짜냐! 너, 진짜 유능한 녀석이구나!)"

"(그 사진, 나한테 팔아! 천 엔까지는 줄 생각 있어!)"

"몰수."

"""끄윽?! 쿠죠 양?!"""

몰래 도촬을 한 스마트폰을 빼앗기자, 남학생 세 명이 일제히 비명을 질렀다.

"너무해요, 쿠죠 양! 저희는 아무 짓도—."

"아무 짓도?"

"아, 아뇨, 아무것도 아니에요……."

끝까지 시치미를 떼려던 남학생은 아리사의 날카로운 시선을 받고 그대로 움츠러들었다.

하지만, 그것도 무리는 아니다. 고개를 빳빳하게 들며 치켜뜬 눈으로 내려다보는 아리사의 모습에서는 남자들도 쩔쩔매게 할 정도의 박력이 흘렀다.

그 차갑고 매몰찬 시선은 그야말로 툰드라급이다.

등 뒤에서 눈 폭풍이라도 부는 것 같은 그 박력은, 아리사의 윙크를 보고 흥분했던 클래스메이트들이 일제히 시선을 피하며 자기한테 여파가 미치지 않도록 숨죽이게 했다.

인적 없는 눈밭을 나아가듯, 스마트폰 네 대를 손에 쥔 아리사가 자기 자리로 돌아갔다.

클래스메이트들은 고개를 푹 숙인 채, 눈 폭풍이 지나가기만 기다렸다. 하지만 그 위용 앞에서도 전혀 기죽지 않은 남자가 한 명 있었다.

"용서해 주시옵소서~. 부디 자비를 베풀어 주시와요~."

돌아온 아리사의 발치에 넙죽 엎드린 마사치카가 싹싹 빌면서 애원했다. 이 상황에서도 분위기가 여전히 가벼운 마사치카를, 주위의 학생들은 용사(바보)를 쳐다보듯 우러러봤다.

"어쩔 수 없었다네~. 무료 가챠로 SSR 나왔는데, 어찌 안 쳐다보겠는가~."

게다가, 마사치카는 자기변호까지 늘어놓기 시작했다. 다들 믿기지 않는다는 시선으로 마사치카를 쳐다보는 가운데, 아리사는 툰드라 같은 표정을 지으며 그에게서 빼앗은 스마트폰을 쳐다보았다.

"……SSR, 츠쿠요미? 츠쿠요미는 일본 신화에 나오는 달의 여신이지? 왜 흑발이 아니라 은발인 거야?"

"어…… 글쎄? 달의 이미지를 따온 거 아냐? 뭐, 귀여우니까 사소한 건 됐어."

"……흐음."

마사치카가 멋진 미소를 머금자, 아리사의 눈매가 더욱 가늘어졌다.

그와 동시에 아리사가 두른 공기가 더욱 차가워지며 북극 수준으로 차가워지자, 마사치카는 마음속으로 「어라? 왜?」 하고 중얼거리며 미소를 머금은 채 표정을 굳혔다.

"……일단, 전원을 끈 채로 방과 후까지 맡아두겠어."

"잠깐만!! 그대로 전원을 껐다간 세이브가 안 될 수도 있다고!"

아리사가 무자비하게 전원을 끄려고 하자, 마사치카는 진심으로 당황했다.

"네가 마음에 들어 하지 않는 건 나잖아?! 그녀한테는 죄가 없어! 나는 어찌 되어도 상관없으니까, 그녀만은 놔줘!"

"왜 나를 악당 취급하는 건데?"

사모하는 여인을 인질로 잡히기라도 한 것처럼, 마사치카는 필사적으로 애원했다.

그런 그를 멸시에 찬 눈길로 쳐다본 아리사는 한숨을 내쉬더니, 스마트폰을 쑥 내밀었다.

"감사하옵니다, 감사하옵니다~."

"……흥."

스마트폰을 양손으로 받은 마사치카가 굽신거리자, 아리사는 언짢다는 듯 코웃음을 치면서 다른 스마트폰 세 대도 주인에게 돌려줬다.

도촬한 사진을 삭제하는 것을 확인한 후, 아리사는 자기 자리에 거칠게 앉았다.

“우와아~, 진짜로 츠쿠요미 님이야. 나올 리가 없다고 생각했는데…….”

“…….”

자기 머리카락을 손가락으로 빙글빙글 말던 아리사는 반짝이는 눈동자로 스마트폰 화면을 쳐다보는 마사치카를 힐끔 쳐다보더니, 입술을 삐죽 내밀었다.

【나도 은발인데…….】

갑자기 찾아온 그 기습적인 질투에, 마사치카는 그대로 굳어버렸다.

“……뭐라고 한 거야?”

못 들은 척할 수 없었던 마사치카는 표정을 굳히며 고개를 들었다. 그런 마사치카를 차가운 눈길로 힐끔 쳐다본 아리사는 머리카락에서 손을 떼며 내뱉듯이 말했다.

“『이 게임 폐인』이라고 말했어.”

“이봐, 그 말은 실례 아냐?”

“뭐, 뭐가 말이야?”

마사치카가 웬일로 진지한 표정을 지으며 언성을 높이자, 아리사는 약간 당황했다. 하지만 곧 「말실수 같은 건 안 했다」는 듯 날카로운 눈길로 그를 노려보았다. 긴박감 넘치는 그 분위기가 또 주위의 시선을 모으는 가운데, 마사치카는 진지하기 그지없는 표정으로 주의를 줬다.

"무과금 유저인 나를 폐인이라 부르는 건, 진정한 폐인인 중과금 유저에게 실례거든?"

"하긴, 그 누구도 너와 같은 취급을 당하고 싶진 않을 거야."

"너무해!"

마사치카가 진지한 표정으로 바보 같은 소리를 늘어놓자, 아리사의 쓰레기를 쳐다보는 것 같은 시선이 그에게 꽂혔다. 그 시선에 물리적으로 꿰뚫린 것처럼, 마사치카는 가슴을 움켜쥐었다.

끝까지 익살스러운 태도를 관철하는 마사치카를 본 아리사는 더 어울려줄 수 없다는 듯 한숨을 내쉬었다.

"정말…… 웬일로 진지한 표정을 짓나 했더니……."

"이봐, 너무하네. 나는 항상 진지하거든? 진지함만이 내 덕목이라고 해도 과언이 아닐 정도야."

"이번 세기 최대의 과언이네."

"이번 세기는 아직 8할가량 남아 있거든?!"

"하아…… 됐으니까 빨리 스마트폰을 집어넣어."

질렸다는 듯 어깨를 으쓱한 아리사는 지친 표정을 지으며 턱을 괬다.

그 모습을 본 마사치카도「너무 놀렸나」하고 생각하며 어깨를 으쓱했다. 이쯤 해두자고 생각하며 스마트폰을 집어넣으려던…… 순간, 들려온 러시아어에 움직임을 멈췄다.

【진지할 때는 참 멋있는데 말이야.】

등골을 타고 전기가 흐르는 것 같은 그 중얼거림을 듣고, 무심코 고개를 돌렸다.

"뭐라고 한 거야?"

"『괜히 기대했어』 하고 말했을 뿐이야."

"……흐음, 그래?"

"응, 맞아."

마음속으로 「거짓말 작작해—!!」 하고 절규한 마사치카와, 「바보. 흥~」 하며 혀를 내민 아리사. 그 마음의 목소리를 정확하게 들은 마사치카의 볼이 부르르 떨렸다.

(전 · 부 · 다 알아듣는단 말이다아아아—!!)

그렇게 외친다면 얼마나 개운할까. 하지만, 그래서 손해를 보는 사람은 자신이다.

(으, 그극…….)

밝힐 수 없다는 건 알지만, 그래도 마음이 편치 않았다. 이 은둔형 츤데레 소녀의 콧대를 눌러주고 싶다고 생각하며 이를 갈았지만…… 바로 그때, 갑자기 교실 문이 열렸다.

"자~, 좀 이르지만 수업을 시작하겠다……. 이봐, 쿠제. 왜 스마트폰을 꺼내 들고 있는 거지?"

"아……."

교실에 들어온 선생님에게 지적을 당하고서야, 마사치카는 자신이 아직 스마트폰을 들고 있다는 사실을 눈치챘다.

"그게, 과제 관련으로 검색해볼 게 있어서……."
"쿠죠, 사실이냐?"
"아뇨. 쿠제는 스마트폰으로 게임을 했어요."
"이봐~?!"
"역시 그런 거냐. 내놔라, 쿠제! 몰수다!"
"아니, 역시라뇨! 너무하잖아요!"
"하아…… 진짜 바보라니깐."

아리사는 정말 어이없다는 투로 그렇게 중얼거렸지만, 그런 그녀의 입가에는 희미하게 미소가 어려 있었다. 하지만 마사치카를 비롯한 클래스메이트들은 그 미소를 눈치채지 못했다.

"(우오! 아랴 공주께서 웃었어?!)"
"(우오오~! 셔터 찬스!)"
"(찍어, 찍어! 젠장, 카메라가 안 켜져!)"
"선생님. 저 세 사람도 스마트폰을 쓰고 있어요."
""""NO~!!""""
……진짜 바보 셋을 제외하고 말이다.

제 2 화 딱히 외톨이는 아니거든?

웅성거림과 시끌벅적함으로 가득 찬 식당. 음식이 놓인 쟁반을 들고, 오가고 있는 학생들.

점심시간, 마사치카는 친구 두 명과 함께 식당에 왔다. 입구에 있는 메뉴를 보며, 뭘 주문할지 고민에 잠겼다.

"오, 새로운 면 요리가 나왔네."

마사치카의 눈길을 끈 것은 신작이란 태그가 붙어 있는 마파 라멘이었다.

라멘에 마파두부를 얹었다는 조합이, 라멘 마니아이자 매운맛 마니아인 마사치카의 심금을 울렸다.

"마파 라멘? 중화요리에 중화요리를 더한 것 같은 메뉴네."

그렇게 말하며 재미있다는 듯 웃은 이는 마루야마 타케시. 마사치카보다 키가 약간 작고 까까머리를 한 소년으로, 마사치카와는 중등부 시절부터 친구였다.

"타케시, 엄밀하게 말하자면 라멘은 중화요리가 아냐."

"어, 그래?"

"응. 원래 라멘이라는 이름 자체가 일본에서 생겨났거든."

그런 잡학지식을 선보인 이는 키요미야 히카루. 타케시

와 마찬가지로 중등부 시절부터 마사치카와 친구 사이였으며, 약간 색소가 옅은 갈색 느낌의 머리카락과 눈동자를 지닌 그는 선이 가는 중성적 느낌의 미소년이다.

이 학교에서도 다섯 손가락 안에 드는 미소년이기에, 식당에 들어가는 여자애들이 그를 힐끔힐끔 쳐다보며 뜨거운 시선을 보내고 있었다.

"너희는 정했어?"

"그래."

"응."

세 사람은 고개를 끄덕이며 식당에 들어간 후, 빈자리에 손수건과 포켓 티슈를 둬서 자리를 확보했다. 그리고 요리를 가지러 갔다.

요리를 확보하고 자리로 돌아온 그들은 식사를 시작했다. 당연히 주목받는 것은 마사치카가 주문한 마파 라멘이었다.

"우오오…… 실물은 예상했던 것보다 훨씬 새빨갛잖아."

"맵지 않아?"

"하나도 안 매워. 매운맛이 부족하게 느껴지네. 맛은 좋지만 말이야."

마사치카의 맞은편에 앉은 타케시와 히카루는 그가 먹는 마파 라멘을 쳐다보며 질렸다는 표정을 지었지만, 당사자는 태연한 표정으로 면을 후루룩거렸다.

"흐음. 한 입만 먹어보자."

"아, 나도 먹어볼래."

"뭐, 좋아."

"고마워……. 어, 맵잖아?!"

"읏, 나중에 고생하게 생겼네……."

흥미가 생긴 두 사람이 한 젓가락씩 맛보더니, 인상을 확 쓰면서 물컵을 향해 손을 뻗었다. 그런 두 사람에게, 마사치카는 타이르듯 말했다.

"이봐, 음식에서 피어오른 김이 맵게 느껴져야 좀 맵다고 할 수 있거든?"

"그 기준은 잘못됐어."

"동감이야."

"애초에, 진짜로 매운 라멘은 입술이 작살나기 때문에 면도 제대로 빨아먹을 수 없다고."

"그 정도면 맵다가 아니라 아프다고 해야 하는 거 아냐?"

"입술이 작살난다니……."

"물론 위장도 작살나."

"배탈 확정인 것 좀 먹지 말라고."

타케시가 태클을 날린 순간, 식당 입구가 술렁거렸다. 마사치카 일행이 반사적으로 그쪽을 쳐다보니, 소녀 세 명이 식당 안으로 들어오고 있었다.

"오, 학생회 멤버들이잖아. 회장과 부회장은…… 없는

걸. 그래도 세 사람이 같이 있으니 장난 아니네."

그 모습을 본 타케시가 탄성을 흘렸다. 그리고 식당 곳곳에 있는 사람들도 그와 같은 반응을 보였다. 세 사람이 곁을 지나치자 남학생은 술렁거렸고, 여학생은 동경심에 찬 시선을 보냈다.

마치 아이돌이라도 본 것 같은 반응이지만, 사실 저 세 소녀는 웬만한 아이돌보다 훨씬 뛰어난 외모를 지녔다.

"쿠죠 자매는 진짜 엄청난 미인이라니까."

은색 머리카락 때문에 세 사람 중에서도 한층 눈에 띄는 아리사, 그리고 그 앞에 있는 아리사보다 몸집이 약간 작은 소녀를 본 히카루가 진심 어린 목소리로 그렇게 말했다.

그렇다. 아리사의 앞에 있는 소녀는 2학년인 학생회 서기이며, 이름은 마리야 미하일로브나 쿠죠라고 한다. 애칭은 마샤이며, 아리사보다 한 살 많은 친언니다.

하지만 자매인데도 불구하고 두 사람의 색채와 분위기는 확연히 달랐다.

투명해 보일 정도로 새하얀 피부를 지닌 아리사와 달리, 마리야는 피부가 매우 하얀 일본인 정도로 보였다.

어깨 근처까지 기른 웨이브 진 머리카락은 밝은 갈색이며, 눈매가 아래로 살짝 처진 상냥한 느낌의 눈 또한 갈색이다. 외모도 아리사와 대조적으로 일본인 느낌의 동안에 가까웠다.

키가 크고 늘씬하면서도 어른스러운 용모를 지닌 아리사

와 나란히 서면 어느 쪽이 언니인지 분간이 안 됐지만, 목 아랫부분으로 언니의 관록을 과시하고 있었다.

구체적으로 말하자면, 가슴이 크다. 엉덩이도 크다. 아리사도 서구적인 몸매를 지녔지만, 여성스러움이라는 점만 본다면 마리야에게 미치지 못했다.

저 타고난 풍만한 육체가 상냥한 느낌의 용모 및 부드러운 인상과 합쳐지면서, 고등학교 2학년으로 보이지 않는 모성을 뿜어냈다.

그래서 그녀는 일부 학생에게 학교의 성모(마돈나)라고 불리기도 했다.

“쿠죠 선배는 참 끝내준다니깐. 가까워지고 싶어.”

“하지만 쿠죠 선배한테는 남친이 있는 것 같아.”

“그래! 젠장, 그 행운아는 대체 누구야!”

좋아 죽겠다는 듯 헤벌쭉거리던 타케시는 히카루의 말을 듣자마자 이를 갈며 인상을 썼다. 그 모습을 본 마사치카는 뜻밖이라는 표정을 지었다.

“어? 누구냐니…… 타케시도 모르는 거야?”

“『타케시도』라는 말이 좀 신경 쓰이는데…… 아무튼, 러시아인 같다는 것 말고는 아는 게 없어.”

“흐음.”

“원거리 연애 중인 걸까? 쿠죠 선배가 일본과 러시아를 오간다는 이야기는 들은 적 있거든.”

히카루가 말한 것처럼, 쿠죠 자매는 아버지의 일 때문에 일본과 러시아를 오가고 있었다. 아리사는 다섯 살 때까지는 러시아에서 살았고, 초등학교 1학년 시절에 일본으로 건너왔다.

그리고 초등학교 4학년 때 다시 러시아로 돌아갔고, 중학교 3학년 때 일본으로 왔다.

"즉, 원거리 연애가 1년 넘게 이어지고 있다는 거잖아……. 역시 끼어드는 건 무리야."

"뭐, 이제까지 고백한 남자들은 하나같이 남친이 있다는 이유로 차인 것 같으니 말이지……."

"그런 걸 떠나서, 타케시는 무리일걸?"

"시끄러워! 아무리 아랴 공주와 친하다고 해도 우쭐대지 말라고!"

마사치카가 잔혹한 현실을 주저 없이 알려주자, 타케시가 발끈하며 고함을 질렀다.

"으음~, 사이가 좋기는 무슨. 걔가 나를 어처구니없어할 뿐이야."

"그래도 무관심한 것보다는 나아. 아랴 공주는 기본적으로 누구와도 이야기를 나누지 않는걸. 끽해야 사무적인 이야기나 나누고, 사적인 이야기는 절대 안 해."

"그야 뭐, 1년 넘게 옆자리였으니까……."

"그래도 이상하다고. 그리고 본인 앞에서 아랴 공주를

애칭으로 부르는 건 너뿐이잖아."

"그야, 뭐……."

"크으~. 진짜 부러워. 저 고고한 공주님께서, 자기를 애칭으로 부르는 것을 너한테 허락해준 거잖아."

"그렇게 생각하면 적극적으로 대시하면 되겠네. 같은 반이잖아."

마사치카가 그렇게 말하자, 타케시는 쓴웃음을 지으면서 손을 내저었다.

"에이. 무리야, 무리. 완벽 초인 그 자체라 다가갈 수가 없다고."

"그렇다고 도촬하지는 마."

"그래도 저런 미인은 사진 찍고 싶은 게 당연하지 않아?"

마사치카가 도끼눈을 뜨며 태클을 날리자, 타케시는 전혀 미안해하지 않으며 뻔뻔한 소리를 늘어놨다.

그렇다. 타케시는 오전에 아리사를 도촬했다가 스마트폰을 몰수당한 3인방 중 한 명이다. 아니, 주범 격이라 할 수 있다.

"진짜 눈 호강이라니깐. 계속 쳐다보고 싶을 정도야. 저 얼굴을 반찬 삼아서 쌀밥 다섯 공기는 먹을 자신 있어. 쿠죠 선배도 세트면 열 공기도 거뜬해."

"타케시, 방금 발언은 징그럽거든?"

"응, 솔직히 질리겠어."

헤벌쭉거리며 아리사 일행을 쳐다보는 타케시에게 다른 두 절친은 질리고 말았지만, 그는 그런 두 사람이 이상하다는 표정을 지었다.

“뭐야, 너희도 같은 생각 아냐? 저렇게 예쁜 여자애는 다른 데서 본 적이 없다고.”

“뭐, 미인인 건 인정하겠지만…… 너는 너무 신성시한다고. 아랴는 저래 봬도 이야기를 나눠보면 의외로 유쾌한 녀석이야. ……여러 가지 의미에서 말이지.”

“하아~ 또 나만은 알아 어필~. 자랑이냐? 자랑하는 거냐?”

“아니라고~.”

“유쾌한 녀석, 이라. ……쿠죠 양을 그렇게 말하는 걸 보면, 마사치카는 어떤 의미에서 거물이야.”

“히카루, 그 말은 어떤 의미야? 내가 주제 모르는 녀석이란 소리냐? 응?”

“그게 아니라…… 매일 그렇게 자기한테 주의를 주는 상대를 그런 식으로 말할 수 있다는 게 참 대단하다고 감탄하는 거야.”

“아하…….”

히카루가 그렇게 말하자, 마사치카는 고개를 옆으로 돌리면서 애매하게 고개를 끄덕였다.

마사치카가 아무리 아리사에게 잔소리를 들어도 아무렇지 않은 건 그녀가 맞는 말만 하기 때문이기도 하지만, 가끔씩 러시아어로 중얼거리는 말이 훈훈하기 그지없기 때문이다.

애초에 진심으로 질색하는 상대라면, 아리사는 주의를 주기보단 무시해버릴 것이다. 그러지 않는 것을 보면, 그녀도 자신과의 대화를 즐기고 있는 것이다.

그렇게 생각하니, 잔소리를 들어도 아무렇지 않은 것이다. 그런 속내를 다른 사람에게 밝힐 생각은 없지만 말이다.

"아무튼, 평범하게 이야기를 나눠보는 게 어때? 의외로 대화가 잘 이어질지도 몰라."

"그렇지만…… 작년 모습을 생각하면 영 내키지 않아."

타케시가 그렇게 말하자, 마사치카는 이해한다는 듯 고개를 끄덕였다. 작년에 혜성처럼 나타난 미모의 전학생.

당초, 아리사는 학교 전체에서 주목을 받았다.

원래 세이레이 학원에는 전학생 자체가 매우 드물었다. 이유는 단순했다. 전학 시험의 난이도가 상상을 초월하기 때문이다.

안 그래도 일본에서도 손꼽히게 입학하기 어려운 학교인데, 전학 시험은 그것보다 난이도가 몇 단계 더 높게 설정되어 있다. 재학생 중에서도 합격 가능한 이는 1할이 될까 말까 하는 레벨이다.

아리사는 그런 초고난도의 전학 시험을 돌파했을 뿐만 아니라, 1학기 중간고사에서도 전교 1등을 차지했다. 게다가 외모 또한 뛰어난 것이다. 주목받지 않는 게 이상했다.

하지만 남녀를 가리지 않고 수많은 이들이 아리사와 친분을 다지려 했지만, 그녀는 일정한 거리를 유지하며 누구와도 친해지지 않았다.

그래서, 언제부터인가 아리사는 고고한 공주님이라 불리게 됐다.

"역시 저 중에서 한 명에게 대시한다면…… 소거법적으로 스오우 양이려나."

타케시는 주문 대기열에 선 한 소녀를 쳐다보며 말했다.

허리까지 기른 윤기 넘치는 흑발, 그리고 아담하지만 여성스러움을 적절하게 주장하고 있는 균형 잡힌 체구. 언뜻 보면 아리사나 마리야 같은 화려함은 갖추지 못했다.

하지만 저 귀여움 안에서 기품이 느껴지는 외모는 매우 단정했으며, 꼿꼿한 자세와 단아한 몸가짐에서는 교양이 묻어났다.

그녀는 학생회에서 홍보를 맡은 1학년이며, 이름은 스오우 유키라고 한다. 귀족 가문 출신이자 대대로 외교관을 맡아온 스오우 가문의 장녀인, 진짜배기 상류층 아가씨다.

뛰어난 사교성과 세련된 몸가짐을 지닌 유키는 학생들 사이에서 아리사가 고고한 공주님이라 불리듯 그녀는 온실 속의 공주님이라 불리고 있으며, 학년 2대 미희로 칭송되고 있다.

“뭐, 넘보지 못할 꽃이라는 건 마찬가지지만 이야기를 나누기 쉽잖아. 아라 공주보다는 가능성이 있을 것 같네.”

타케시가 고개를 끄덕이며 그렇게 말하자, 히카루는 회의적인 표정을 지으며 고개를 갸웃거렸다.

“가능성, 있을까? 스오우 양은 남자의 고백을 거절한 횟수로만 보면 쿠죠 양보다 많다던데?”

“으, 윽…… 맞아. 연애에 흥미가 없는 걸까? 아니면, 상류층 아가씨답게 이미 약혼자가 있다거나? 마사치카, 뭐 아는 거 없어?”

“왜 나한테 묻는 건데?”

“너 말고 누구한테 묻냐고. 소 · 꿉 · 친 · 구 사이잖아?”

타케시가 질투에 찬 눈으로 쳐다보며 딱딱 끊어 그렇게 말하자, 마사치카는 한숨을 내쉬었다.

“내가 알기로, 약혼자는 없어. 연애에 관심이 있는지까진 모르겠네.”

“그럼 관심이 있는지 본인에게 물어봐 주라.”

“싫어.”

“왜야! 협력해달라고! 친구잖아?”

“진짜 친구는 우정을 방패 삼아 뭔가를 요구하지 않아.”

“아, 마사치카의 그 말에는 동감이야.”

“크어억!”

정면과 옆에서 날아온 십자포화에 타케시가 격침되자,

마사치카는 음식 주문 코너 쪽을 힐끔 쳐다봤다.

마침 학생회 소속인 세 사람은 요리를 손에 들고 빈자리를 찾고 있었다. 아무래도 세 사람이 함께 앉을 자리가 없는 것 같았다.

하지만 식당 한편에 있는 누군가가 손을 들자, 마리야는 다른 두 사람에게 무슨 말을 한 후에 손을 든 이를 향해 걸어갔다.

아무래도 2학년 친구들이 부른 것 같았다.

그리고 남은 두 사람이 주위를 둘러보더니…… 유키의 시선과 마사치카의 시선과 딱 마주쳤다.

마사치카의 얼굴을 확인한 유키의 시선이 옆쪽으로 이동했다. 테이블 가장자리의 빈 두 자리를 확인하듯 말이다.

(아, 이쪽으로 오겠네.)

마사치카가 그런 예감에 사로잡힌 직후, 아리사에게 무슨 말을 한 유키는 그가 있는 테이블을 향해 걸어왔다. 타케시도 곧 그 사실을 눈치채더니, 다급히 흐트러져 있던 자세를 고쳤다.

"마사치카 씨. 빈자리에 저희가 앉아도 될까요?"

유키가 그렇게 말한 순간, 그녀의 뒤를 따라오던 아리사의 미간이 찌푸려졌다. 하지만 마사치카를 비롯한 세 사람의 시선은 유키에게 쏠려 있었기에, 누구도 그 표정 변화를 눈치채지 못했다.

“으음. 뭐, 좋아. 너희도 괜찮지?”

“아, 그, 그래.”

“응, 괜찮아.”

“고마워요.”

화사한 미소를 머금으며 세 사람에게 그렇게 말한 유키는 테이블 가장자리를 돌아서 마사치카의 옆에 앉았다. 그 뒤를 이어 아리사도 타케시의 옆, 마사치카의 오른쪽 대각선 자리에 앉았다.

“아, 역시 마사치카 씨도 같은 걸 주문했군요.”

그 말대로 유키의 쟁반에는 마사치카와 마찬가지로 마파라멘이 담긴 그릇이 놓여 있었다.

상류층 아가씨 느낌인 유키에게는 서민 맛집 음식 같은 요리가 영 어울리지 않았다.

“스오우 양도…… 그런 요리를 먹나 보네요.”

타케시가 약간 긴장한 투로 그렇게 말하자, 유키는 호주머니에서 꺼낸 헤어 고무 밴드로 머리카락을 머리 뒤편으로 모아 묶으며 살며시 쓴웃음을 머금었다.

“그렇게 어려워할 필요 없어요. 모르는 사이도 아니고, 동급생이잖아요.”

“아니, 뭐…… 네.”

“그리고, 저도 라멘 정도는 먹어요. 집에서는 먹지 않지만, 휴일에 라멘을 먹으러 외출할 때도 있죠.”

“으, 으음~ 의외네요.”

학교에서는 숙녀의 본보기처럼 여겨지는 유키가 그런 서민적인 발언을 하자, 타케시와 히카루가 뜻밖이라는 표정을 지었다. 그 반응을 보고 약간 쓴웃음을 머금은 유키가 잘 먹겠습니다 하고 말하더니, 단아하게 라멘을 먹기 시작했다. 그 옆에서는 마사치카가 타케시와 눈빛을 교환하고 있었다.

『인마, 너무 긴장했잖아.』

『시끄러워. 나는 너와 달라.』

『가까워지고 싶다며? 이 정도로 긴장하면 어떻게 해.』

『죄송합니다. 역시 저한테는 넘보지 못할 꽃이었어요.』

『벌써 포기한 거냐!』

마사치카와 타케시가 눈빛으로 그런 대화를 나누고 있을 때, 라멘을 어느 정도 맛본 유키가 휴우 하고 한숨을 내쉬었다.

“맛있군요. 조금 더 매워도 괜찮을 것 같지만 말이에요.”

“맞아. 고추기름을 더 넣고 싶네.”

“이 식당에는 소금과 간장은 있지만, 고추기름은 비치되어 있지 않죠. 다음 학생회 의제로 검토해봐도 괜찮을지 모르겠어요.”

“이봐, 공사를 혼동하지 말라고.”

마사치카의 태클에 유키는 웃음을 흘리면서 「농담이에

요」 하고 말했다.

두 사람이 절친한 사이처럼 대화를 나누자 묵묵히 A정식 세트를 먹던 아리사의 미간에 주름이 두 줄 생겼지만, 마사치카와 유키는 그것을 눈치채지 못했다.

그 탓에 아리사의 미간에 생긴 주름이 더욱 깊어졌지만, 그녀는 잠시 눈을 감으며 표정을 관리한 후에 별것 아니라는 투로 물었다.

"두 사람은 꽤 친한가 보네?"

아리사가 그렇게 묻자, 정면을 향해 고개를 돌린 유키는 빙긋 웃으며 대답했다.

"저희는 소꿉친구 사이예요."

"소꿉친구……."

"네, 유치원 때부터 쭉 같은 학교였죠. 유감스럽게도, 같은 반이 된 적은 한 번도 없지만 말이에요."

"그랬, 구나."

납득한 건지 종잡을 수 없는 느낌으로 어중간하게 고개를 끄덕인 아리사에게, 이번에는 마사치카가 물었다.

"그러는 너희 둘은 친해?"

그 질문에는 유키가 답했다. 바로 대답하지 못하는 아리사를 향해 상냥한 미소를 지어 보이더니, 살며시 고개를 갸웃거렸다.

"가까워지려고 한창 노력하는 중, 이랄까요? 적어도 저는 아리사 양과 친구가 되고 싶어요."

아리사는 유키의 그 솔직한 말을 듣고 눈을 치켜뜨더니, 난처한 듯 시선을 돌렸다.

"……나와 친구가 되어봤자, 즐겁지 않을 거야."

시선을 돌린 아리사가 그런 기묘한 말로 거절의 뜻을 밝히자, 유키는 몇 번 눈을 깜빡거린 후에 다시 미소를 머금었다.

"즉, 아리사 양은 저와 친구가 되는 것 자체가 싫진 않다는 거군요?"

"어…… 뭐, 그렇긴, 해?"

"그럼 친구가 되죠! 저나 아리사 양이나 같은 1학년, 그리고 학생회에 속해 있잖아요. 아, 그래요! 괜찮다면 아랴 양이라고 불러도 될까요? 마샤 선배와 마사치카 씨가 부르는 걸 듣고, 참 멋진 호칭이라고 생각했다니까요!"

"으, 으음…… 그건, 괜찮은데……."

"후훗, 기뻐요. 그럼 잘 부탁드려요, 아랴 양. 부디 저는 유키라고 불러주세요."

"으, 응…… 잘 부탁해, 유키 양."

유키가 양손을 모아 쥐며 기뻐하자, 아리사는 웬일로 쩔쩔맸다.

"우정을 다지는 건 좋지만, 빨리 안 먹으면 라멘이 다 불어버릴 거야."

"아! 그랬죠!"

마사치카의 충고를 들은 유키가 허둥지둥 다시 식사를 시작했다. 당혹스럽다는 듯 그 모습을 쳐다보던 아리사는 마사치카가 자기를 보고 있다는 것을 눈치채더니, 거북한 표정을 지었다.

"그런데 쿠제는 평소에 스…… 유키 양에게, 나에 대해 어떻게 말했던 거야?"

"응~? 아니, 딱히…… 항상 꾸중 듣고 있다고만, 말했는데……."

"남을 툭하면 화내는 사람 취급하지 마. 전부 쿠제의 자업자득이잖아?"

아리사가 눈을 치켜뜨며 딱 잘라서 그렇게 말하자 마사치카는 「넵, 지당한 말씀이옵니다」 하며 목을 움츠렸고, 그 모습을 본 유키는 웃음을 흘렸다.

"마사치카 씨도 참, 부끄러워할 필요 없잖아요."

"어?"

"아랴 양. 마사치카 씨는 아랴 양이 엄청난 노력가라서 존경한다고 항상 말했어요."

"뭐……?"

"아니, 존경한다고 말한 적 없다고~."

"하지만 마사치카 씨는 노력하는 사람에게는 무조건 경의를 표하지 않나요?"

“…….”

유키가 전부 꿰뚫어 보고 있는 것처럼 그렇게 말하자, 마사치카는 거북하다는 듯 고개를 돌렸다. 그리고 정면에 앉아 있는 타케시와 그 옆에 있는 히카루에게 「너희도 무슨 말 좀 해봐」라는 의미의 눈짓을 보냈다. 그러자 두 사람은 얼굴을 마주하며 가볍게 고개를 끄덕이더니, 쟁반을 들며 동시에 자리에서 일어났다.

“우리는 다 먹었으니까 먼저 일어나야겠네.”

“먼저 가볼게.”

두 사람이 냉큼 배신하자, 마사치카는 눈짓으로 항의했다.

『이봐!』

『아니, 너무 눈부셔서 무리야.』

『나, 여자애가 거북해.』

마사치카가 항의를 하는데도, 두 사람은 시선을 돌리면서 그대로 식당을 나섰다. 그런 두 사람의 등을 원망스럽다는 듯 쳐다보는 마사치카의 귀에, 아리사의 러시아어가 스며들어왔다.

【뭐야, 정말.】

고개를 돌려보니, 아리사는 삐친 것 같으면서도 어딘가 기뻐보이는 표정을 짓고 있었다. 자신을 쳐다보는 마사치카를 힐끔 쳐다본 아리사는 자신의 손 언저리를 향해 시선을 돌리더니, 묵묵히 식사를 이어갔다.

이미 자기 라멘을 수프 한 방울 남기지 않고 먹어 치운 마사치카는 별생각 없이 그 모습을 쳐다봤다. 그러자 다시 마사치카를 힐끔 올려다본 아리사가 러시아어로 우물거리듯 중얼거렸다.

【이쪽 쳐다보지 마, 바보.】

그리고 아리사가 더욱 고개를 숙이며 식사에 몰두하자, 마사치카는 왠지 마음속이 훈훈해졌다.

(그래. 존경한다는 말을 듣고 부끄러워하는 거구나. 음음. 그래, 그래.)

그래도, 계속 쳐다봤다. 러시아어를 모르는 것도, 우둔한 것도 아니지만 일부러 필살「어? 뭐라고 한 거야?」를 썼다.

그러자 상황은 파악하지 못했으면서도 묘한 분위기를 감지한 유키가「그건 그렇고」하며 마사치카에게 말을 걸었다.

"마사치카 씨, 학생회에 들어와 달란 이야기는 생각해보셨나요?"

유키의 말을 들은 마사치카가「또냐」하며 지긋지긋한 표정을 지었고, 아리사는 젓가락질을 멈췄다.

"몇 번이나 말했잖아? 들어갈 생각 없어. 그리고, 얼마 전에 새로운 임원이 들어왔다고 하지 않았어?"

"들어오긴 했는데…… 역시, 금방 관둬버려서……."

새로운 학생회가 발족한 것은 6월 초, 약 한 달 전의 일이다.

이 학교의 학생회는 약간 특수하다. 학생회장과 부회장이 페어를 짜서 입후보하고, 다른 임원은 당선된 회장과 부회장이 임명하는 형식이다.

그래서 임원 숫자는 해에 따라 다르며, 현재 결정된 임원은 회장과 부회장 외에 서기인 마리야, 회계인 아리사, 홍보인 유키다. 총 다섯 명이며, 서무가 한 명도 없는 상태다.

"남자는 엉큼한 생각만 하며 일을 안 하니까 이번에는 여자애를 들인다고 안 했어? 세 명 정도 들어온다고 했었잖아. 설마 셋 다 관둔 거냐?"

"그게…… 하나같이 자기들로는 역부족이라며……."

"아하……."

마사치카는 그 말을 듣고 상황을 파악했다.

애초에 현 학생회 소속 여성들은 여러 가지 의미에서 엄청났다. 부회장과 서기인 마리야는 2학년 2대 미녀이며, 아리사와 유키는 1학년 2대 미희다.

그것만으로도 동성은 기가 눌릴 텐데, 같은 1학년인 아리사는 학년 제일의 천재다. 그리고, 유키는 중등부 시절 학생회장이었다.

외모와 실무에서 격의 차이를 실감하다 보면, 웬만한 여자애는 마음이 꺾이고 말 것이다.

게다가 남자들은 하나같이 미소녀와 가까워지고 싶다는

흑심을 품고 있으며, 제대로 일하려는 사람이라면 여성 멤버의 엄청난 실무 능력에 마음이 꺾이고 만다.

"마사치카 씨라면 실무 능력에 문제는 없을 테고, 저나 아랴 양과도 잘 지낼 거라고 생각해요. 그것도 그럴게, 학생회 부회장 경험자니까요."

"뭐?"

유키의 그 말을 들은 아리사가 눈을 동그랗게 뜨며 놀랐다. 그런 아리사의 시선을 느낀 마사치카는 인상을 확 찡그렸다.

"쿠제, 부회장이었어?"

"네. 2년 전의 중등부 학생회에서는 제가 회장이었고 마사치카 씨가 부회장이었죠."

"그랬, 구나……."

"옛날 일이야. 두 번 다시 하기 싫어."

마사치카가 질색이라는 듯 손을 내젓자, 유키는 약간 곤란하다는 듯 미소를 머금었다.

그리고 깜짝 놀란 눈길로 마사치카를 응시하는 아리사를 바라보며 고개를 갸웃거렸다.

"아랴 양은 뜻밖이라고 생각할지도 모르지만, 저래 봬도 마사치카 씨는 할 때 하는 사람이죠. 평소에는 요 모양이지만 말이에요."

"요 모양이라는 게 대체 어떤 의미인데?"

"후훗, 글쎄요? 어떤 의미일까요?"

유키의 말을 들은 아리사가 울컥한 표정을 지었다. 그리고 맞은편에서 친근하게 이야기를 나누는 두 사람을, 불만 섞인 눈길로 쳐다봤다.

【그쯤은 나도 알아.】

아리사가 퉁명하게 중얼거린 러시아어는, 두 사람의 귀에 전해지지 않았다.

◇

"그럼 저는 학생회실에 들러야 하니 이만 가볼게요."

"그래? 그럼 방과 후에 봐."

"네, 나중에 봐요."

"그럼 안녕."

"네. 학생회 가입, 진지하게 검토해주세요."

"안 들어갈 거라니까 그러네."

"후후."

"이봐, 방금 그『다 알아요』라는 표정은 뭐야?"

"별거 아니에요. 그럼 이만 가볼게요."

식당을 나서고 잠시 후, 유키와 헤어졌다. 공손히 고개를 숙이며 인사를 한 후에 멀어져 가는 그녀의 등을 향해, 마사치카는 대충 손을 흔들었다.

바로 그때, 아리사로부터 평소보다 2할 정도 더 차가운 목소리가 흘러나왔다.

"진짜로, 사이가 좋네."

"의외야?"

"응, 의외야. 너한테 이성 친구가 있을 줄은 몰랐거든."

아리사가 신랄한 어조로 딱 잘라 그렇게 말하자, 마사치카는 한쪽 눈을 치켜떴다.

"어, 그게 신경 쓰인 거야?"

"왜? 이상해?"

"아니, 그게……."

그리고 「너 지금 무슨 소리 하는 거야?」 하고 말하는 표정을 지은 마사치카가 아리사의 얼굴을 손가락으로 가리켰다.

"이성 친구."

"……."

마사치카가 당연하다는 듯 그렇게 말하자, 아리사는 진지한 표정으로 눈을 몇 번 깜빡인 후에 고개를 갸웃거렸다.

"……우리, 친구였어?"

"어? 그럼 아냐?"

"……."

정말 의외란 듯 되물었던 아리사는 잠시 침묵에 잠기더니, 곧 뒤돌아섰다. 마사치카에게 등을 보이더니, 감정을 억누르는 것 같은 무덤덤한 목소리로 대답했다.

"그래, 우리는 친구 사이야."

그리고 그런 말을 남긴 후, 유키가 사라진 방향으로 걸음을 옮겼다.

"이봐~, 어디 가는 거야~?"

"나도 학생회에 볼일이 있다는 게 이제 생각났어. ……따라오지 마."

뒤돌아보지도 않으며 딱 잘라 그렇게 말한 아리사는 그대로 걸음을 옮겼다.

"뭐야……. 뭐, 됐어. 맞다, 도망친 그 녀석들한테 따끔한 맛을 보여줘야겠어."

남겨진 마사치카는 그런 불길한 혼잣말을 중얼거리면서 혼자 교실로 향했다.

그날 오후. 일부 학생들 사이에서는 아랴 공주가 콧노래를 부르며 복도를 걸었다는 소문이 돌았지만, 다행인지 불행인지 그 이야기는 마사치카의 귀에 들어가지 않았다.

제 3 화 경찰 아저씨, 이 녀석이에요

다음 날, 마사치카는 평소보다 한 시간 일찍 등교했다.

별다른 이유가 있는 건 아니다.

그저 평소보다 한 시간 일찍 깼을 뿐이다.

게다가 마사치카치고는 드물게도 개운한 아침을 맞이했고, 괜히 다시 누웠다간 잠들지도 못 한 채 뒤척이다가 늦잠을 잘 것 같은 예감이 들었다. 그럴 바에야 차라리 일찍 등교하기로 한 것이다.

그리고 이유를 하나 더 들자면, 오늘은 우연히도 당번이었다.

이 학교에서는 출석번호 순서로 두 명씩 돌아가며 당번을 맡으며, 그 두 명이 나란히 자리하도록 좌석이 배치되어 있다. 즉, 마사치카와 함께 당번을 맡은 이는 아리사였다.

마사치카는 자기가 매사를 귀찮게 여기는 나태한 인간이란 것을 자각하고 있지만, 그래도 남에게 폐를 끼치지 않으려 했다(교과서를 깜빡해서 아리사에게 보여달라고 하는 건, 마사치카에게 있어서는 폐가 아니었다).

그러니, 아무리 귀찮더라도 청소나 당번 같은 일을 농땡

이 피우지는 않는다. 그래도 항상 자기 몫만 한다는 점이 마사치카다웠지만, 오늘은 평소와 기분이 좀 달랐다.

"음, 내가 생각해도 완벽해."

마사치카는 교단 위에서 아무도 없는 교실을 둘러보며 만족한 듯 고개를 끄덕였다.

책상과 의자는 질서정연하게 놓여 있고, 담임 선생님에게서 반환된 공책이 하나씩 놓여 있었다.

칠판에는 분필 가루가 전혀 묻어 있지 않았으며, 칠판지우개 또한 깨끗했다.

이런 일은 당번 때마다 아리사가 해왔던 일이며, 원래 당번이 할 일은 아니다. 그래도 오늘은 모처럼 일찍 일어났으니 「어? 네가 평소에 하던 일? 내가 싹 다 했는데?」를 해보고 싶어졌다.

자기 자리로 돌아가서, 평소보다 일찍 올 아리사를 기다렸다.

그리고 몇 분 후, 기다리던 아리사가 왔다. 교실 문을 연 그녀는 마사치카를 보고 눈을 치켜떴다.

"여어, 좋은 아침."

"……좋은 아침이야, 쿠제."

교실을 둘러본 아리사가 평소에 자신이 하던 업무가 깔끔하게 처리되어 있다는 사실을 알고 눈썹을 찌푸리자, 마사치카는 우쭐거리는 미소를 머금으며 말했다.

"오늘 아침에는 꽤 일찍 깼거든. 심심해서 이런저런 일 좀 해뒀어."

"……쿠제가 일찍 일어나다니, 오늘은 해가 서쪽에서 뜨려나."

"아랴 양은 일본어가 참 능숙하시군요."

"수업 시간에 안 졸아서 그래."

"……나도 노력해볼게."

마사치카가 자신 없는 목소리로 그렇게 말하자, 아리사는 어이없다는 듯 한숨을 내쉰 후에 작지만 단호한 목소리로 말했다.

"……오전 중에는 내가 칠판을 지울게."

절대로 남에게 빚을 지지 않으려 하는 그 태도를 본 마사치카는 쓴웃음을 머금었다.

마사치카는 빚을 지울 생각이 딱히 없었지만, 이건 아리사의 자존심 문제이리라.

이럴 때는 무슨 말을 해봤자 소용없다는 것을 1년 넘게 알고 지내며 파악했기에, 마사치카는 「그럼 부탁할게」 하고 순순히 대답했다.

아리사는 불만 어린 표정으로 그런 마사치카를 쳐다보며 고개를 끄덕이더니, 어딘가 불편한 듯이 걸으며 자기 자리로 향했다.

그 발걸음에서 위화감을 느낀 마사치카는 아리사의 니삭

스가 젖어 있다는 사실을 눈치챘다.

창밖을 봤지만, 확인할 것도 없이 화창한 날씨였다. 밤에는 비가 내린 것 같지만, 지금은 비구름이 보이지 않았다.

"어쩌다 그렇게 된 거야? 물웅덩이라도 밟았어?"

"내가 너도 아니고, 그럴 리가 없잖아?"

"내가 1년 365일 얼간이란 거냐?!"

"그렇게까지는 말 안 했어……. 하아, 지나가던 트럭이 튀긴 물에 젖은 거야."

"으으, 재수 없었네."

"뭐, 차도 옆을 걸은 나한테도 잘못은 있어. 그리고 갈아 신을 양말이 있으니 괜찮아."

아리사는 그렇게 말하며 자리에 앉더니, 기분 나쁘다는 듯 인상을 찡그리며 실내화를 벗었다. 그리고 의자 가장자리에 오른발을 올려놓더니, 마사치카 앞에서 니삭스를 벗기 시작했다.

새하얀 니삭스에 감싸여 있던 눈부신 맨발이, 마사치카의 눈앞에서 모습을 드러냈다. 길고 늘씬할 뿐만 아니라 속이 비쳐 보일 만큼 새하얀 다리가, 창문을 통해 스며드는 아침 햇살을 받아서 빛났다. 의자에 올린 다리 위로 치마가 스르륵 흘러내리더니, 허벅지가 희미하게 드러났다.

젖은 니삭스를 벗은 아리사가 해방감을 느끼며 젖은 맨발을 쭉 뻗었다. 그 모습을 본 마사치카는 마치 봐선 안 되는 광경을 본 기분에 사로잡히며 고개를 돌렸다.

그저 양말을 벗었을 뿐이지만, 마치 옷 갈아입는 장면이나 목욕하는 모습을 목격한 것처럼 묘한 죄책감에 사로잡혔다. 이제 와서 아리사가 엄청난 미소녀란 사실을 의식한 마사치카는 갑자기 안절부절못하기 시작했다.

"휴우……."

양말 두 짝을 전부 벗고, 비에 젖었을 때를 대비해서 가지고 다니던 조그마한 수건으로 발을 닦은 아리사는 개운한 표정을 지으며 한숨을 내쉬었다.

그리고 별생각 없이 옆을 쳐다보더니, 고개를 슬며시 숙인 채 거북한 표정을 짓고 있는 마사치카의 얼굴을 보고 눈을 깜빡거렸다.

항상 유유자적하고 그 어떤 일에도 동요하지 않던 마사치카가, 멋쩍은 듯 갈팡질팡하는 표정을 보자…… 아리사는 씨익 하고 미소를 머금었다.

어딘가 가학적이면서 장난기 어린 표정을 머금은 아리사가 마사치카를 향해 몸을 돌리더니, 오른발을 내밀었다. 그리고 마사치카의 바지를 발가락 두 개로 꼭 잡더니, 슬며시 잡아당겼다.

"저기, 사물함에서 갈아 신을 양말 좀 꺼내다 줄래?"

"뭐?"

"양말을 이미 벗은 바람에 가지러 갈 수가 없어."

그리고, 「보면 알지?」 하고 말하듯 발끝을 허공에 띄운 채로 능숙하게 발을 꼬았다.

한순간 정면에서 절대영역이 보일 뻔하자, 마사치카는 동요한 티를 내며 고개를 휙 돌렸다.

그 모습을 본 아리사는 더욱 가학적인 미소를 짓더니, 의자 등받이에 팔을 올리며 턱을 괬다.

아침 햇살을 등지며 즐거운 듯 웃고 있는 그 모습은 마치 한 폭의 그림 같았다.

마치 시종에게 억지를 부리며 즐거워하는 말괄량이 공주처럼 보였다. 아니면 부하에게 무리한 일을 강요하는 악의 여간부처럼 보였다.

(드레스와 군복, 아랴한테는 양쪽 다 어울릴 것 같네~.)

그렇게 사고회로를 딴 곳으로 돌린 마사치카는 자리에서 일어나더니, 교실 뒤편에 있는 아리사의 사물함으로 향했다.

아리사에게 시선을 보내 확인을 한 후에 사물함을 열어보니, 그 안에는 깔끔하게 정리된 교과서와 도구들이 있었다.

그 안쪽에 있는 접이식 우산 아래편에는 투명한 비닐봉지에 들어 있는 양말이 있었다.

또 나쁜 짓을 하는 기분에 사로잡힌 마사치카는 그 양말을 비닐봉지째로 꺼내 들고 자기 자리로 돌아왔다.

"여기 있어."

그리고 아리사의 얼굴 옆쪽을 쳐다보며 양말을 쑥 내밀

자, 그녀는 창틀에 기대면서 폭탄 발언을 했다.

"그럼 신겨줘."

"뭐엇?!"

마사치카가 괴성을 지르며 고개를 돌려보니, 아리사가 그를 향해 오른발을 내밀었다.

둘뿐이라 그런지, 아리사는 이 상황을 재미있어하고 있다는 것을 평소처럼 숨기지 않았다. 그녀는 씨익 웃으면서 고개를 갸웃거렸다.

"왜 그래?"

"아니, 그걸 몰라서 물어?! 너야말로 왜 이러는 건데?!"

"양말을 꺼내다 준 답례야. 너한테는 포상 아냐?"

"아니, 이게 포상인 건 일부 특수한……."

"어머? 아닌 거야?"

"아뇨! 포상 맞습니다?!"

뜻밖이라는 듯 팔짱을 낀 아리사가 다시 다리를 꼬자, 마사치카는 고개를 휙 돌리면서 고함을 질렀다.

그대로 「이제 됐지?! 좀 봐달라고!!」 하고 말할 작정……이었지만, 그것보다 먼저 아리사가 러시아어로 중얼거린 말이 들려왔다.

【나도 마찬가지야.】

그녀의 얼굴을 힐끔 쳐다보니, 조금 전의 장난스러운 표정은 모습을 감췄다.

어째선지 얼굴이 새빨개진 아리사가 머리카락을 만지작거리며 고개를 돌리고 있었다. 그 표정을 본 순간, 마사치카의 뇌가 이상한 방향으로 풀가동됐다.

아리사가 가끔씩 러시아어로 하는 부끄러운 말은 대체 뭘까.

마사치카는 전부터 그 점에 대해 쭉 생각해왔다. 그리고 내린 결론은「아랴는 정신적 노출광이 아닐까」였다.

아리사는 완벽주의자이자 노력가다. 이상적으로 생각하는 자기 자신이 되기 위해 항상 스스로에게 엄격하며, 부단하게 노력하고 있다.

하지만 평소 자기 자신을 억누르는 사람일수록 쌓여 있는 스트레스를 발산하고 싶어 한다는 말을, 마사치카는 전에 들은 적이 있다.

그리고, 아리사에게 있어서는 러시아어로 때때로 내뱉은 부끄러운 말이야말로 그런 것이 아닐까.

공적인 자리에서 속옷을 입지 않고 돌아다니는 노출광처럼, 부끄러운 발언을 남들 앞에서 하며 그것이 들키냐 마느냐 같은 아슬아슬한 스릴을 즐기는 것이 아닐까.

마사치카는 그렇게 추측했다. 즉, 하고 싶은 말이 뭐냐면…….

(합의하에 하는 거니 세이프!!)

마사치카의 논리에 비춰보자면, 아리사는 수치심을 즐기

는 인종이다. 그러니 아리사도 즐겁고, 자신도 즐겁다. 그렇다. 이것은 win-win 관계다!

……이 말을 남이 듣는다면 「뭐 그런 논리 전개가 다 있어」, 「정신적 노출광이 대체 뭔데」, 「범죄자는 전부 합의하에 한 거라고 우기는 법이야」 같은 다양한 태클을 듣게 될게 뻔했다. 하지만 유감스럽게도 마사치카의 머릿속에는 태클 담당이 없다.

그러나, 이 단계에서는 마사치카에게도 아직 망설임이 남아 있었다. 합의를 했다고는 해도, 아리사는 아까 러시아어로 말한 것이다. 그러니 일본어로도 언질을 받아두고 싶다.

"방금, 뭐라고 했어?"

악당 같은 아이디어를 떠올린 마사치카는 정면을 향해 고개를 돌리며 물었다. 그러자 아리사는 즉시 도발적인 미소를 짓더니, 마사치카가 예상한 대로의 말을 입에 담았다.

"별거 아냐. 『겁쟁이』라고 말했어."

그 한 마디를 기다리고 있었습니다. 마사치카는 마음속으로 주먹을 힘껏 말아쥔 후, 너무하다는 표정을 지었다. 그런 마사치카를 향해 흐흥 하고 무시하는 웃음을 흘린 아리사는 꼬고 있던 다리를 풀었다.

"뭐, 좋아. 직접 신을 테니까—."

"아니, 그럴 필요 없어."

"뭐—?"

아리사가 양말을 건네받으려고 한 순간에 마사치카가 양말을 쥔 채 몸을 웅크리자, 그녀는 어리둥절하다는 듯 눈을 끔뻑였다.

하지만 다음 순간에 마사치카가 자신의 오른발에 손을 대자, 그녀는 눈을 치켜떴다.

"히익?!"

타인이 손으로 발꿈치에서 발목을 훑는 그 간지러우면서도 기분 나쁜 감각에, 아리사는 새된 목소리를 냈다. 반사적으로 발을 치켜든 바람에, 허둥지둥 치마를 손으로 눌렀다.

"이봐, 버둥거리지 마."

"버, 버둥거리다니, 어, 잠깐만—?!"

이상한 소리를 낼 뻔한 아리사는 오른손으로 치마를 누른 채 왼손으로 입을 막았다.

그런 아리사를 향해 어처구니없다는 시선을 보내면서, 입가에 의기양양한 미소를 머금은 마사치카가 말했다.

"뭐야. 신겨달라고 한 사람은 너잖아?"

"그, 렇긴 한데, 하지만—!"

"겁쟁이란 말까지 듣고 물러날 수야 없지. 나한테도 자존심이 있거든."

"잠깐만, 아직 마음의 준비가—."

하지만 그런 아리사의 말을 개의치 않으면서, 두 엄지로 양말을 벌린 마사치카는 그녀의 발에 신겨주기 시작했다.

발치부터 양말에 감싸이는 감각이 엄습하자, 아리사는 등골을 타고 전기가 흐르는 느낌을 받았다.

"아, 안 돼—."

그리고, 마사치카의 엄지가 양말의 얇은 천 너머로 아리사의 허벅지에 닿자—.

"으~~, 어딜 만지는 거야!!"

"꾸웩?!"

반사적으로 들어 올린 아리사의 발이 그대로 마사치카의 턱에 꽂혔다. 마사치카는 그대로 엉덩방아를 찧더니, 자기 의자에 뒤통수를 찧었다.

"으~~~~!!"

"아, 미, 미안해. 괜찮아?"

바닥에 쓰러진 마사치카가 머리를 감싸 쥐며 괴로워하자, 아리사도 걱정이 앞선 것 같았다. 일시적으로 수치심과 분노를 잊고 마사치카를 걱정하는 아리사의 앞에서, 그는 부들부들 떨리는 손을 뻗어서 검지로 바닥을 훑었다.

마치 자기 피로 다잉 메시지를 남기는 빈사 상태의 인간처럼 말이다.

실제로는 마사치카의 손가락에 피가 묻어 있지 않았고, 그저 손가락으로 바닥을 훑고 있을 뿐이었다. 하지만 아리사는 마사치카가 뭘 쓰는 건지 바로 눈치챘다.

그것은 짤막한 단어, 「핑크」였다.

"윽?!"

그것을 눈치챈 순간, 아리사는 자신의 치마를 손으로 눌렀다. 분노와 수치심에 사로잡힌 그녀의 얼굴은 순식간에 새빨개졌다.

"~~이게, 큭~~."

하지만 바닥에 쓰러진 상대에게 어떤 식으로 화풀이를 하면 될지 모르는 것 같았다. 아리사는 오른손을 쥐었다 폈다 하며 한동안 알아듣지 못할 소리를 흘리더니, 곧 마사치카의 책상 위에 있는 양말 한 짝을 쥐고 재빨리 왼발에 신었다.

그리고 실내화를 신더니, 아직도 바닥을 나뒹굴고 있는 마사치카를 향해 러시아어로 외쳤다.

【너무해! 바보! 죽어버려!!】

어린애처럼 고함을 지른 아리사가 거친 발걸음으로 교실을 나섰다. 마침 교실에 들어오려 하던 여자 클래스메이트 두 사람이 평소와 다른 아리사를 보고 놀라며 허둥지둥 옆으로 비켜섰다.

"어, 어머? 아랴 공주가 방금 뭐라고 외친 거야?"

"러시아어, 였지 않아? 무슨 일일까? 공주님께서 화나셨나?"

얼이 나간 표정으로 아리사의 등을 쳐다보던 두 사람은 곧 교실을 향해 고개를 돌렸고, 그제야 뒤통수를 문지르고 있는 마사치카를 발견했다.

“좋은 아침이야, 쿠제…… 무슨 일 있었어?”

“응, 좋은 아침…… 뭐, 별일 아냐.”

“안녕, 쿠제. ……머리를 다치기라도 했어?”

“그게…… 이 근처에 여드름이 난 것 같거든.”

“흐음~?”

두 사람은 미심쩍다는 듯 고개를 갸웃거리면서, 자리로 돌아갔다. 그 두 사람의 의혹에 찬 시선을 눈치 못 챈 척하면서, 마사치카는 스마트폰을 꺼내서 메시지 앱으로 여동생에게 메시지를 보냈다.

『동생아, 큰일 났다.』

마침 차로 등교 중이었던 걸까. 즉시 읽음 표시가 뜨더니, 답장이 왔다.

『무슨 일인데? 내 사랑하는 오빠야.』

『듣고 놀라지나 마. 실은…….』

『꿀꺽.』

동생이 전율에 사로잡힌 애니 캐릭터 이모티콘을 보냈다. 마사치카는 그 긴박감 넘치는 이모티콘을 보면서, 통한에 찬 표정으로 메시지를 입력했다.

『나…… 다리 페티시즘 환자일지도 모르겠어.』

『뭐, 어……?! 이 자식, 내추럴 본 찌찌별 사람 아니었던 것이냐?!』

『아아…… 크! 설마, 내가 이런 페티시즘을 지녔을 줄은 몰랐어!!』

『그래……. 네놈도 드디어, 다리의 위대함에 눈뜬 건가…….』

『그런 것, 같아.』

『다리는 좋지. 탱탱한 허벅지도 좋지만, 잘 단련되어서 탱탱한 산양 같은 다리도 끝내줘.』

『오오, 역시 내 동생은 잘 아는걸.』

『음…… 그런데 오라버니.』

『응?』

『이 쓰레기 같은 대화는 뭐야?』

『미안해.』

스마트폰 너머에서 여동생이 끼얹은 찬물을 뒤집어쓴 마사치카는 그제야 정신을 차렸다. 스마트폰을 집어넣은 후, 책상에 그대로 넙죽 엎드렸다.

"어떻게 하지~."

스스로도 좀 심했다는 것을 자각하고 있다. 지금 바로 사과하러 가는 편이 좋을 것 같다는 생각도 들었지만, 아리사는 자존심이 강하니 지금 괜히 찾아갔다간 더 삐칠 느낌도 들었다.

"뭐, 아리사가 돌아온 후에 생각해봐야지."

아리사도 어린애는 아니다. 머리를 식히고 나면, 평소와 다름없는 모습으로 되돌아올지도 모른다.

◇

결론부터 말하자면, 그런 일은 벌어지지 않았다.

"으음~. 그럼 오늘 연락 사항은 이상이다. 아, 인사는 안 해도 돼. 그럼 가보마."

빠른 어조로 그렇게 말한 담임 선생님이 서둘러 교실을 나섰다. 꽤 서둘러 조례를 마친 덕분에, 1교시가 되려면 아직 5분 정도 남아 있었다.

하지만 1학년 B반 학생들은 자리에서 일어나지 않으며, 목소리를 죽인 채 쑥덕거리기 시작했다. 선생님이 조례를 빨리 끝낸 것도, 학생들이 긴장한 것도, 같은 이유 때문이다.

우리의 아랴 공주께서 평소의 무표정한 얼굴이 아니라, 언짢은 분위기를 마구마구 뿜으며 턱을 괴고 있었던 것이다.

"(이, 이봐…… 대체 무슨 일이 있었던 거야?)"

"(몰라…… 쿠제와 무슨 일이 있었던 것 같대.)"

"(아랴 양을 화나게 할 사람이라고는 쿠제밖에 없긴 하잖아. 구체적으로 대체 무슨 일이 있었던 건데?)"

"(나, 아랴 공주가 고함을 지르는 걸 들었어.)"

"(정말? 뭐라고 했는데?)"

"(글쎄? 러시아어라서 못 알아들었어.)"

교실 안에서 다양한 억측이 오가고 있는 가운데, 몰래 자리에서 일어난 타케시가 몸을 굽힌 채 마사치카에게 다가갔다.

"(이, 이봐.)"

"(뭐야?)"

주위의 분위기에 삼켜진 바람에, 마사치카도 작은 목소리로 대답했다. 그러자 타케시는 마사치카의 귓가에 입을 가져가며 귓속말을 했다.

"(너, 아랴 양의 신경을 건드렸다가 라운드하우스 킥을 맞았다며?)"

"이야기가 왜 그렇게 된 건데?!"

무심코 고함을 지르고만 마사치카는 자신을 노려보는 아리사의 시선에 목을 움츠렸다.

참고로 라운드하우스 킥이란 점프하면서 상대의 뒤통수를 향해 날리는 돌려차기를 말한다.

나쁜 애도 절대 흉내 내면 안 되는 짓이다.

"(아랴가 그런 위험한 기술을 쓸 리가 없잖아.)"

"(그, 그렇지?)"

"(그래. 그냥 내 턱에 서머솔트 킥을 꽂았을 뿐이야.)"

"(아니, 그것도 꽤 위험한 기술 아냐?)"

타케시가 농담이라 여기며 쓴웃음을 흘리자, 마사치카는 「반쯤은 사실인데」 하고 생각하며 어설픈 웃음을 흘렸다.

“(그런데, 아랴 공주는 왜 저렇게 기분이 나쁜 거야?)”
“(아니, 그게…….)”
“(네가 사고 친 거지? 자, 빨리 실토해.)”
“(으음~. 뭐, 사고를 친 건 맞으려나…….)”

솔직히 말하자면, 맞다. 사고를 쳤다. 하지만 이 자리에서「저 백옥 같은 발을 만졌을 뿐만 아니라 팬티도 봤습니다」하고 말했다간, 바로 학급 재판을 당한 끝에 만장일치로 공개처형을 당할 게 뻔했다.

그러니, 마사치카는 타케시의 추궁을 피하며, 어떻게든 아리사의 기분을 풀어줄 방법을 찾으려고 궁리했다.

“으음…… 아랴?”

일단 사과부터 해야겠다고 생각한 마사치카는 턱을 괸 채 창밖을 쳐다보고 있는 아리사에게 말을 걸었다. 그러자 아리사는 눈동자만 움직여 마사치카를 쳐다보더니, 날 선 목소리로 대답했다.

“……무슨 일이야? 쿠제.”【이 다리 페티시즘 색골남.】

어디선가, 다중 음성이 들려왔다. 러시아어로『쿠제』란 말에 덧말이 달려 있었다.

마사치카는 그 덧말에 대해 나름대로 할 말이 있었지만, 러시아어를 모르는 척 하고 있는 탓에 입을 다물 수밖에 없었다.

뭐「미안하지만, 나는 찌찌별 사람이야」하고 반론했다

간 아리사의 내면에 존재하는 마사치카의 주가가 최저치를 갱신할 것이며, 이 반의 여학생 전원이 마사치카 주식을 팔아치우는 대폭락 사태가 벌어질 게 뻔하니 아무 말도 안 하는 게 정답일지도 모른다.

(하지만~ 내가 그렇게 나쁜 짓을 한 건 아니지 않아?)

아리사의 차가운 반응을 접한 마사치카는 마음속으로 그렇게 생각했다.

애초에 아리사의 지시로 그녀의 발을 만졌고, 그러다 부끄러워져서 발을 치켜든 사람 또한 아리사 본인이다.

그 바람에 팬티가 보인 것은 불가항력이며, 그 후에 그것을 다잉 메시지 느낌으로 지적한 것은 괜한 행동이었다고 생각한다. 하지만, 그것도 아리사가 폭력을 휘두른 것을 개의치 않게 해주려고 한 배려였으니…… 마사치카로서는 자기만 악당이 된 것이 영 이해가 안 됐다.

하지만 이런 상황에서는 남자만 입장이 곤란해진다는 것도 이해하고 있기에, 괜한 소리는 하지 말고 순순히 사과하기로 했다.

"저기, 아까는 여러모로 미안했어."

"……괜찮아. 나도 잘못했는걸. 딱히 화난 건 아냐."

마사치카의 「그럼 왜 그렇게 언짢은 건데~」라는 마음의 목소리와, 귀를 쫑긋 세우고 있던 클래스메이트 전원의 「거짓말……」이란 목소리가 하모니를 이뤘다.

하지만, 실은 거짓말이 아니다. 실제로 아리사는 이미 화가 풀렸다.

현재 아리사의 마음속에 존재하는 건, 다리를 만져졌을 뿐만 아니라 팬티도 보여준 데서 비롯된 수치심.

그리고 아무리 반응이 재미있었다고 해도, 「신겨줘」 하고 말하고 만 자기 자신에 대한 수치심.

또한, 어린애 같은 반응을 보인 것 등등에 대한 수치심이 아리사의 마음속을 가득 채우고 있었다. 구멍이 있다면 들어가서 뚜껑을 닫고 방음 처리를 한 후에 고함을 지르고 싶은 심정이었다.

그런 자신의 속내가 겉으로 드러나지 않도록, 일부러 「나, 언짢아!!」란 분위기를 전면에 내세우고 있는 것에 지나지 않았다.

하지만, 마사치카는 그런 소녀의 마음을 알지 못했기에, 그저 이러지도 저러지도 못하고 있었다.

그러는 사이에 종이 울리더니, 선생님이 들어오면서 1교시가 시작됐다.

"자~, 수업을 시작하겠다~. 그럼 당번인 쿠— 쿠제. 인사해."

칠판에 쓰여 있는 당번의 이름을 확인한 수학 교사는 별 생각 없이 아리사 쪽을 쳐다보더니, 곧 자연스럽게 마사치카를 지명했다.

(((심정은 이해해.)))

약 한 사람을 제외한 클래스메이트 전원의 마음이 일치단결됐다.

"……차렷, 인사. 잘 부탁드립니다~."

""""잘 부탁드립니다~.""""

자연스럽게 부자연스러운 인사를 한 후에도, 묘한 긴장감이 감도는 수업이 이어졌다.

아침에 일찍 일어났던 마사치카는 아니나 다를까 졸음이 밀려왔지만, 그는 이런 분위기 속에서 졸 수 있을 만큼 굳세지는 않았다.

그렇다고 수업에 집중할 수도 없었기에, 마사치카는 머릿속으로 공주님의 기분을 풀어줄 방법을 열심히 모색했다.

"……그럼, 오늘은 여기까지. ……쿠제, 인사해라."

"……차렷, 인사. 감사합니다~."

""""감사합니다~.""""

수학 교사는 끝까지 아리사 쪽을 쳐다보지 않으며 교실을 나섰다. 그 뒤를 따르듯 교실을 뛰쳐나간 마사치카는 비상구 밖에 설치된 자판기로 향했다. 원하던 물건을 입수하고 즉시 교실로 돌아온 그는 옆에 있는 아리사를 향해 공손히 내밀었다.

"공주님, 부디 이걸 받으시고 마음을 푸시옵소서."

그렇게 말하며 마사치카가 내민 것은……《세이레이 학

원 그거 수요가 있긴 한 거야 랭킹》 14년 연속 1위를 당당히 기록한 전설의 음료, 『달콤~한 단팥죽』이었다. 참고로 안에 든 것은 액상 팥소라고 해도 과언이 아닌, 무지막지하게 달아서 목이 마를 정도의 음료다.

(((웬 단팥죽?!)))

클래스메이트들이 「너, 제정신이야? 공주님한테 시비 거는 거야?」란 눈길로 마사치카를 쳐다봤지만, 그는 알고 있었다. 이 혈당치 폭발 음료를, 아리사가 가끔 마신다는 것을 말이다.

"……딱히 화난 건 아니라고 아까 말했잖아?"

"헤헷, 그건 알고 있사옵니다. 이건 제 사죄 표시라고나 할까요."

"……뭐, 일단 받아줄게."

"성은이 망극하옵니다~."

아리사는 마사치카한테서 단팥죽 캔을 받더니, 뚜껑을 따고 내용물을 단숨에 비웠다. 교실 전체에서 전율에 찬 시선이 모여들었다.

"잘 마셨어."

"아, 빈 캔은 제가 치우겠사옵니다."

"그렇게까지 할 필요 없어."

"아뇨. 공주님을 번거롭게 할 수는 없사옵니다."

"그럼 그 이상한 연기 좀 관둬."

"오케이."

말투는 신랄하지만, 마사치카는 아리사의 분위기가 다소 풀렸다는 것을 눈치챘다. 그 점에 안도하면서 자기 자리로 돌아간 마사치카는…… 충격적인 사실을 눈치챘다.

(아, 큰일 났다……. 다음 수업의 교과서가 없어.)

평소 같으면 아리사에게 보여달라고 할 것이다. 하지만 이 상황에서 뻔뻔하게「교과서 좀 보여줘」같은 소리를 했다간, 눈곱만큼 풀린 아리사의 기분이 다시 가라앉을지도 모른다.

그랬다간, 반 전체에서 비난에 찬 시선이 날아올 게 뻔했다.

(어쩔 수 없지…….)

가방 안과 책상 안을 찾아보고 굳어버린 마사치카에게, 아리사의 미심쩍은 시선이 꽂혔다. 그 시선에서 벗어나려는 듯 고개를 돌린 마사치카는 반대편에 앉은 여학생에게 말을 걸었다.

"미안한데, 교과서 좀 보여주면 안 돼?"

"뭐? 아…… 응. 좋아."

옆자리 여학생도 사태를 파악한 건지, 쓴웃음을 지으며 쾌히 승낙했다. 그 여학생에게 고마워하며 책상을 붙인 마사치카는 한숨 놓은 듯 가슴을 쓸어내렸다. 그 직후…….

【바람둥이.】

그런 러시아어가 들려오더니, 교실 안의 공기가 한층 더 차가워졌다.

(뭘 우짜라는 긴데…….)

마사치카의 한탄도 부질없는 듯, 1학년 B반 교실에서는 온종일 긴장감 넘치는 수업이 되풀이됐다.

огда Аля внезапно кокетничает по-русски

제 4 화 자매 백합, 싫지는 않아요

"다녀왔어."

아리사가 맨션의 문을 열며 안쪽을 향해 그렇게 말하자, 언니인 마리야가 거실에서 얼굴을 내밀었다. 기본적으로 무표정한 아리사와 대조적으로, 마리야는 기본적으로 항상 미소를 머금고 있었다.

지금도 흐드러지게 핀 꽃 같은 미소를 지으면서, 기쁘다는 듯 여동생을 맞이했다.

"어서 와~, 아랴."

환한 미소를 지은 마리야가 양손을 벌리며 다가가더니, 오른쪽, 왼쪽, 오른쪽 순서로 볼 키스를 한 후에 마지막으로 아리사를 꼭 안았다.

뭐랄까, 이 세상의 백합 오타쿠들이 본다면 환희할 광경이었다.

"다녀왔어, 마샤."

언니의 정열적인 허그를, 아리사는 상대방의 팔을 톡톡 두드려서 관두게 했다. 그러자 이제까지 환한 미소를 짓고 있던 마리야가 몸을 떼면서 불만을 드러내듯 볼을 부풀렸다.

“정말, 일본에서는『언니야』라고 부르라고 말했잖아.”

“됐어. 이제 와서 무슨…….”

아리사가 쌀쌀맞은 반응을 보이자, 마리야는 볼을 더 부풀렸다.

원래 러시아어에는 일본어에서의『언니』나『오빠』처럼, 손위 형제를 가리키는 특별한 호칭이 존재하지 않는다.

언니나 오빠도 이름으로 부르는 게 기본이다. 러시아에서 태어난 아리사도 그에 따라 언니를 애칭으로 부르지만, 마리야는 이『언니야』라는 호칭이 마음에 들었는지 때때로 그렇게 불러달라는 요구를 했다.

“으으…… 아랴가 매몰차…….”

불만스러운 표정이 먹히지 않은 마리야가 바로 한심한 표정을 짓자, 아리사는 어이없다는 시선을 보냈다. 어제오늘 이런 건 아니지만, 언니가 이런 표정을 지으면 왠지 미안한 짓을 한 기분이 들었다.

하지만 언니라는 호칭을 쓰려니 거부감이 들었다. 동생은 똑 부러지는 성격이고, 언니 쪽은 만사태평한 성격이니 말이다.

키도 아리사가 컸고, 나이도 한 살밖에 차이가 나지 않았다. 그래서 옛날부터 아리사가 마리야를 돌보는 일이 잦았다.

그래서 아리사는 마리야를『언니』로 의식할 때가 거의

없었다.

(애초에 『언니야』라는 호칭 자체가 왠지 어리광을 부리는 느낌인걸…….)

하다못해 『언니』라는 호칭이라면 생각해보겠지만, 마리야가 그건 싫다고 하니 어쩔 수 없다.

이제 신경 쓰지 말자고 생각하며 신발을 벗고 슬리퍼로 갈아 신자, 마리야가 눈을 껌뻑거리며 고개를 갸웃거렸다.

"……아랴, 혹시 기분이 별로야?"

"……아냐."

아리사는 반사적으로 미심쩍은 표정을 지어서 동요한 마음을 숨겼다. 하지만, 그런 얼버무림도 언니에게는 통하지 않는 것 같았다.

"반응을 보아하니…… 역시, 예의 그 남자애? 쿠제와 무슨 일 있었어?"

마리야가 갑자기 눈을 반짝이며 속물근성을 드러내자, 아리사는 지긋지긋하다는 반응을 보이며 세면장으로 향했다.

"아무 일도 없었어."

"거짓말이네. 이 언니야는 못 속여요~. 저기, 무슨 일이 있었던 거야?"

그 후에도 마리야는 오리처럼 아리사의 뒤를 졸졸 쫓아다니며 캐물었다.

결국 자기 방 안까지 들어오자, 아리사는 체념했다. 교복 차림으로 의자에 앉더니, 바닥에 놓인 쿠션 위에 털썩 주저앉아서 이야기를 재촉하는 마리야에게 귀찮다는 투로 말했다.

"진짜로 별일 아냐…… 좀 다퉜을 뿐이야."

"흐음~, 다퉜구나!"

평범하게 생각하면 결코 칭찬받을 이야기는 아니지만, 어째선지 마리야는 기쁜 듯 눈을 반짝였다.

"……왜 기뻐하는 거야?"

"그야…… 후훗. 아랴가 남과 다투는 일은 엄청 드물잖아. 그것도 남자애와 말이야."

"그건, 뭐……."

"그래~. 드디어 아랴의 마음을 움직이는 남자애가 나타났네."

"그게 무슨 소리야?"

마리야가 의미심장한 투로 그렇게 말하자, 아리사가 미간을 살짝 찌푸렸다. 그러자 마리야는 다 안다는 표정을 지으며 말했다.

"그 쿠제라는 사람을 좋아하지?"

"……뭐어?"

아리사는 마리야의 안면을 향해 「이 머릿속 꽃밭녀가 무슨 소리를 하는 거야」라고 말하는 시선을 인정사정없이 날린 후, 질렸다는 듯 고개를 저었다.

"어떤 착각을 하는 건지는 모르겠지만…… 우리는 그런 사이가 아냐. 우리는, 그러니까……."

아리사의 머릿속에, 어제 점심때 본 광경이 떠올랐다. 의아한 표정을 지으며, 친구라고 단언하는 마사치카의 얼굴이 말이다.

"그래…… 친구, 야."

그 일을 떠올리며 미소를 머금은 아리사가 의기양양하게 말했다. 우쭐대는 아리사의 표정을 본 마리야가 상냥한 눈길을 머금었다.

"흐음~, 그렇구나……. 하지만, 어째서 친구가 된 거야? 아랴는 불성실하고 매사에 대충인 사람을 싫어하잖아?"

"그건……."

마리야의 말은 옳았다. 그리고 평소의 마사치카는 의욕이 없고, 칠칠맞지 못한…… 아리사가 딱 싫어할 타입이다.

그런 마사치카를, 자기는 왜 친구라고 인정한 걸까. 아리사는, 그 원점이 되는 과거의 기억을 떠올렸다.

◇

【그룹 발표회 우수상은…… B팀입니다~!】

반 전체에 울려 퍼지는 박수 소리. 그 안에서 단 한 사람, 입술을 깨물며 고개를 숙이고 있는 소녀가 있었다.

아리사, 당시 초등학교 4학년. 러시아의 블라디보스토크에 있는 어느 초등학교에서의 일이다.

이때, 아리사는 자신이 주위 인간과 다르다는 것을 깨달았다.

그 계기는, 반 안에서의 그룹 연구 발표회였다.

반 학생들은 네다섯 명씩 그룹을 이뤄서 2주에 걸쳐 하나의 테마에 관해 조사했고, 조사한 내용을 커다란 종이에 정리해서 발표했다.

아리사가 속한 그룹의 발표 테마는『이 지역의 직업』. 인근 가게 사람들과 가족이 하는 일과 그 내용에 관해 인터뷰를 하고, 어떤 일인지를 조사한다. 초등학생답게, 별것 아닌 내용이었다.

하지만, 어떤 내용이든 간에 대충하지 않는 사람이 바로 아리사다.

이 당시부터 지는 것을 싫어했고, 어떤 일에서도 최고가 되려 하는 아리사로서는 발표회에서의 최고— 우수상을 받는 것이 지극히 당연한 일이었다.

그리고, 아리사는 우수상을 거머쥐기 위해 전력을 다했다.

매일 방과 후에 자기가 맡은 지역의 가게를 돌며 저녁 식사 시간이 될 때까지 인터뷰를 했고, 일주일 동안 조사한 내용은 공책 한 권을 가득 채울 정도였다.

하지만 만전을 기한 끝에 임한 그룹 회의 날.

아리사는 다른 멤버 세 사람의 말에 아연실색했다.

【아, 미안해. 조사 안 했어.】

【여기가 빵집이고, 여기가 옷 가게. 어? 일의 내용? 그야 빵 가게는 빵을 팔 테고, 옷 가게에서는 옷을 팔 거잖아.】

【미안해~. 아직 절반밖에 조사 못 했어~. 하지만 아직 일주일이나 남았잖아. 괜찮을 거야.】

너무나도…… 아리사가 보기에는 너무나도, 조잡한 내용이었다.

다른 세 사람이 조사한 정보를 다 합쳐도, 아리사가 조사한 내용의 절반도 되지 않았다.

그 사실, 그리고 이런 상황인데도 불구하고 미안해하거나 조바심을 내지 않는 세 사람을 본 아리사는 분노하다 못해 얼이 나가버렸다.

분노가 치민 것은 그 세 사람이 아리사가 정리해온 공책을 봤을 때였다.

【우와, 이게 뭐야. 너, 대체 얼마나 열심히 한 거야?】

【되게 세세하네. 이렇게 자세한 내용은 필요 없지 않을까?】

【아랴…… 이거, 전부 읽어야만 해?】

세 사람이 머금은 어처구니없다는 눈길. 「아아~, 귀찮아 죽겠네」 하고 말하는 것 같은 쓴웃음.

(어? 내가 잘못한 거야?)

그 의문이 뇌리에 떠오른 직후, 아리사의 가슴속 깊은

곳에서 분노가 치밀어 올랐다.

아니다. 자기는 잘못이 없다. 자기는 그저, 주어진 과제를 열심히, 전력을 다해 수행했을 뿐이다.

자기는 잘못되지 않았다. 잘못된 것은 그들이다.

순간적으로 샘솟은 분노와 반감. 그것들을 억누르기엔, 아리사는 아직 어렸다.

【저기, 왜 성실하게 안 하는 거야?】

노려보는 눈길. 비난하는 어조로 토한 가시 돋친 말에, 감수성이 예민한 초등학생들은 민감하게 반응했다.

그로부터 격렬한 말다툼이 벌어지는 데는 그리 긴 시간이 걸리지 않았다.

수업 중이라서 선생님이 즉시 말렸지만, 그 짧은 시간에 아리사와 다른 세 사람 사이에는 협력을 어렵게 만드는 깊디깊은 골이 생기고 말았다.

【그렇게 마음에 안 들면, 너 혼자 하면 되겠네!!】

멤버 중 한 명인 남학생이 충동적으로 내뱉은 말에, 아리사는 오기가 생겼다.

그리고 남은 시간을 전부 할애해서, 아리사는 발표 내용을 자기가 납득할 수 있는 수준까지 끌어올리려 했다.

하지만 혼자서 할 수 있는 일에는 한계가 있었기에, 결국 완성된 발표 내용은 아리사가 추구한 레벨에 도달하지 못했다. 그 결과, 아리사가 노리던 우수상은 다른 그룹에게 넘어갔다.

아리사는, 이해할 수 없었다.

주어진 과제를 성실히 수행하지 않는 클래스메이트들이, 졌는데도 아무렇지 않다는 듯 헤실헤실 웃고 있는 그들이…….

(다른 애들이 나처럼 열심히 했다면 절대 지지 않았을 거야. 아니, 처음부터 **나 혼자** 했다면, 분명 이겼을 거야!)

자기는 남들과 다르다. 자기만은 진지하게, 자기만이 진심으로 이 과제에 임했다. 진심으로 이기려 했다.

그것을 깨달은 순간, 아리사는 남에게 기대하는 것을 관뒀다.

어차피 누구도 자신의 수준에 미치지 못했다. 자신과 같은 열의를 품으며, 진심으로 임해주지 않는다.

그렇다면 멋대로 하게 두면 된다. 노력도 의욕도 부족한 인간들에게, 자기는 절대로 지지 않는다. 남들이 대충대충 노는 사이, 자기는 남들보다 더 높은 수준에 이를 것이다.

타인의 협력은 필요 없다. 전부 혼자서 하겠다. 어중간한 각오나 의무감으로 끼어들어봤자, 방해만 될 뿐이다.

나이를 먹으면서 사교성을 어느 정도 갖추게 됐지만, 아리사의 그런 근본적인 생각에는 변함이 없었다. 아니, 해가 갈수록 강해졌다.

동급생들의 의욕 결여와 낮은 수준을 실감할 때마다 쌓

인 타인에 대한 실망감은, 어느새 주위 사람에 대한 무의식적인 멸시로 변했다.

그것을 자각한 아리사는 주위와의 알력을 피하기 위해, 남들과 일부러 거리를 두는 태도를 보이게 됐다.

그야말로 고고(孤高). 타인과는 차원이 다른, 타고난 재능과 경쟁심. 그렇기에 아리사는 고고한 것이다.

중학교 3학년이 된 아리사는 아버지의 일 때문에 일본으로 돌아오게 됐다.

부모님의 추천으로 편입한, 세이레이 학원. 일본 굴지의 명문 학교. 이곳이라면 자신과 어깨를 나란히 하며 함께 절차탁마할 상대가 있지 않을까. 아리사는 그런 아련한 기대를 품었다.

하지만 편입 직후의 시험에서, 아리사의 그 기대는 무참히 배신당했다.

전교 1등. 5년 만에 온 일본. 시험 경향을 모르는 외부 편입생. 그런 핸디캡이 있는데도, 전교 1등을 한 것이다.

(뭐야. 역시 여기도 이 수준밖에 안 되는구나.)

결국 여기서도, 자신은 혼자다.

그런 체념이 가슴속을 가득 채우려 할 때, 아리사는 그를 알게 됐다. 처음 만난 것은 편입 첫날. 4월 1일 아침.

"쿠죠 양은 일본어를 잘하는걸. 전에도 일본에 살았어?"

"진짜 예쁘다~. 은발은 처음 봐."

“저기, 그 어렵다는 전학 시험을 가볍게 통과했다는 게 사실이야?”

호기심을 드러내며 몰려드는 클래스메이트들. 아리사는 마음속으로 질색하면서도, 실례가 되지 않는 선에서 적당히 거리를 뒀다.

주위 인간을 깔보는 자신이, 남과 친해져봤자 서로에게 좋을 일이 없다.

상대방에게 불쾌감을 안겨줄 것이며, 아리사 또한 그런 못난 자기 자신을 깨닫고 마음에 상처를 입을 것이다.

그래서, 아리사는 이 학교의 그 누구와도 친해지지 않을 생각이었다.

“아, 종이 울렸네.”

“어라, 벌써 울린 거야? 어쩔 수 없네. 나중에 봐, 쿠죠 양.”

“다음 쉬는 시간에 이야기를 들려줘.”

“응.”

아쉬워하며 각자의 자리로 돌아가는 클래스메이트를 쳐다보며, 아리사는 옆자리를 쳐다봤다.

“……, ………….”

그곳에는, 방금 그런 소동이 벌어졌는데도 전혀 개의치 않으며 책상에 엎드려 있는 한 남학생이 있었다.

너무나도 자유로운 그 모습을 본 아리사는 적지 않은 호기심을 느꼈다. 어느새 상대방의 어깨를 살며시 흔들면서,

그 클래스메이트에게 자기가 먼저 말을 걸었다.

"저기…… 좀, 울렸어."

"으…… 으응?"

아리사의 목소리를 듣고 고개를 든 이는 야무지지 못한 인상을 한 평범한 외모의 남학생이었다.

그 사람이 바로, 쿠제 마사치카였다. 쿠제와 쿠죠. 이름이 비슷하다는 이유만으로, 자신의 옆자리가 된 남학생.

마사치카는 멍한 표정으로 아리사를 쳐다보며 한동안 눈을 껌뻑거리더니, 곧 고개를 갸웃거렸다.

"아하…… 개학식 때 인사했던 전학생?"

"응, 아리사 미하일로브나 쿠죠라고 해. 잘 부탁할게."

"으음…… 나는 쿠제 마사치카야. 잘 부탁해."

그렇게 말한 마사치카는 앞을 바라보며 기지개를 켰다. 그리고 뭔가를 눈치챈 표정을 짓더니, 앞자리에 있는 남학생의 등을 톡톡 두드렸다.

"오오~ 히카루. 너도 있었냐."

"그래……. 참고로 타케시도 같은 반이야."

"어, 진짜네. 자느라 눈치 못 챘어."

그 후로 자기한테 관심도 주지 않으며 잡담을 나누는 마사치카를 본 아리사는 한 방 먹은 심정이었다.

아리사는 자기가 남들보다 뛰어난 외모를 지녔다는 것을 자각하고 있다.

대인관계에서 아름다움이 무기가 된다는 것을 이해하고 있기에, 아리사는 부지런하게 자신의 외모를 가꿨다. 교칙 위반이기 때문에 화장은 안 하지만, 그래도 웬만한 연예인에게 뒤지지 않는 미모를 지녔다고 자부했다.

딱히 이성의 관심을 끌 생각은 없다. 하지만 자신의 외모, 특히 은색 머리카락이 남들의 주목을 끈다는 것은 이해하고 있었다.

그래서, 자신에게 흥미를 보이지 않은 거의 유일한 사람인 마사치카가 인상에 남았다.

하지만 마사치카를 지켜본 아리사는 곧 눈치챘다.

마사치카는 여성에게 관심이 없는 것도, 타인에게 흥미가 없는 것도 아니었다. 그저 매사에 의욕이 없는 남자였을 뿐이다.

교과서를 깜빡했다. 수업 중에 졸았다. 수업 직전의 쉬는 시간에 부랴부랴 숙제를 했다. 체육 수업 때는 남들 눈에 띄지 않으며 대충 보냈다. 그야말로 의욕이라고 할 만한 것이 전혀 느껴지지 않는 무기력한 태도의 소유자였다.

(명문 학교라고 해도, 역시 이런 학생이 있구나.)

아리사는 금방 이웃 사람에게 흥미를 잃었다. 그리고 그런 생각이 바뀌게 된 것은 9월의 문화제 때였다.

중학생 마지막 문화제. 많은 중학생이 수험에 바쁜 시기지만, 이 학교 학생은 대부분 에스컬레이터식으로 고등부에 진학하기 때문에 다른 이들만큼 절박하게 수험 공부를 하지는 않았다.

오히려 마지막 기념 삼아 재미있는 걸 하자고 문화제 실행 위원이 된 타케시가 주장하면서, 반에서는 귀신의 집을 하기로 했다.

하지만 의욕이 넘쳤던 것은 처음뿐이다. 기획 회의 단계에서는 다들 의욕적이었지만, 준비 작업에 착수한 후부터는 지겨운 작업을 끝도 없이 해야 한다는 사실에 학생들의 열의가 바닥까지 떨어졌다.

그 분위기를 눈치챈 아리사는 일찌감치 자기가 대부분의 작업을 맡기로 각오했다.

"아얏!"

방과 후. 아리사는 반에 홀로 남아서 의상을 만들고 있었다. 그리고 바늘로 손가락을 찌른 바람에 의상을 놓쳤다.

핏방울이 맺힌 손가락을 침으로 소독한 후, 꾹 압박해서 지혈했다. 그리고 만들던 의상에 피가 묻지 않도록, 상처에 반창고를 붙였다.

익숙하지 않은 바느질을 하다 다친 것은 이번 한 번만이 아니다. 아리사의 손가락에 감긴 반창고는 어느새 다섯 장이나 됐다.

하지만 욱신거리는 손가락 탓에 인상을 찡그리면서도, 아리사는 작업을 계속했다.

이 정도 일로 무너질 수는 없다. 자신이 참가하는 만큼, 어설픈 완성도는 용납할 수 없다. 그런 일념으로, 아리사는 다시 의상과 마주했다.

"아, 역시 남아 있었구나."

바로 그때였다. 교실 문이 열리더니, 종례가 끝나자마자 모습을 감췄던 마사치카가 들어왔다.

"쿠제…… 무슨 일이야?"

"수고 많네. 뭐, 별거 아냐."

마사치카는 말끝을 흐리면서 서류 몇 장을 힐끔 쳐다봤다. 덩달아 아리사도 그것을 쳐다봤지만, 어떤 서류인지는 알 수 없었다.

"아무튼, 쿠죠 양도 오늘은 이만 돌아가. 작업은 다른 애들과 함께 내일 하면 돼."

마사치카가 어깨를 으쓱하며 그렇게 말하자, 아리사는 약간 울컥했다.

(그런 느긋한 소리를 할 때가 아니란 말이야……. 애초에 다들 할 생각이 없으니까, 내가 이렇게 혼자하고 있는 거잖아.)

그 짜증을 단호한 거절로 바꾸면서, 아리사는 굳은 어조로 말했다.

"신경 쓰지 마. 조금만 더 하고 돌아갈 거니까 괜찮아."

"……하아~. 저기, 으음……."

마사치카는 자기 자리에 앉아서 한동안 시선을 이리저리 돌리더니, 곧 머리를 긁적거리면서 별일 아니라는 투로 말했다.

"의상 제작 쪽은 수예부에게 협력을 받기로 했으니까, 그쪽에 일임하면 돼."

"뭐……?"

"그리고, 이걸 봐."

아리사가 뜻밖의 말을 듣고 얼이 나간 표정을 짓자, 마사치카는 들고 있던 서류를 내밀었다.

"합숙소 사용 허가를 받아왔어. 학교에서 묵으며 준비한다면, 텐션이 떨어진 녀석들도 다시 의욕을 보일 거야."

"뭐…… 이걸, 어떻게……."

"으음~. 뭐, 학생회에 부탁 좀 했어. 작년 부회…… 아니, 작년 회장한테 부탁해서, 그 인맥으로 손을 썼어."

마사치카가 갑자기 말을 바꾸자, 아리사는 미심쩍은 눈길로 그를 쳐다봤다. 하지만 마사치카는 추궁을 피하려는 듯 말을 이었다.

"뭐…… 아무튼, 그렇게 됐어. 수예부 쪽에는 남자들을 빌려주는 걸로 합의를 봤어. 수예부 여학생들에게 믿음직한 모습을 보여줄 기회라고 말하면, 일부 남학생들이 앞다퉈 하려고 하겠지. 준비 합숙 쪽은…… 뭐, 여기서부터는 타케시가 할 일인가."

"뭐?"

"아무튼, 오늘은 이만 돌아가. 쿠죠 양 혼자서 힘내봤자 소용없잖아?

마사치카가 별생각 없이 한 그 말에 아리사의 마음속에 이제까지 쌓여 있던 감정이 폭발했다.

"소용없다는 게…… 무슨 소리야?"

익숙하지 않은 바느질을 하느라 스트레스가 쌓인 상태일 때, 평소 의욕 없는 인간이라 여기며 마음속으로 얕잡아 보던 상대가 해결책을 제시한 것으로 모자라 자신의 노력을 부정했다.

그 사실이, 아리사의 마음속에 존재하는 방파제를 무너뜨렸다.

정신을 차리고 보니, 아리사는 들고 있던 의상을 책상에 집어 던졌다.

그리고 벌떡 일어서더니, 마사치카를 노려보았다.

"나는……! 내가 참가하는 만큼, 귀신의 집을 성공시키고 싶어! 제대로 준비가 안 된 상태에서 문화제 당일을 맞이하는 건, 싫단 말이야! 타협 같은 건, 절대 하고 싶지 않아!!"

아리사 또한 이것이 화풀이에 지나지 않는다는 것을 자각하고 있지만, 멈출 수가 없다.

"하지만…… 그게, 내 억지라는 걸 알아! 남들이 나처럼 열성적이지 않다는 걸, 잘 알거든?! 그러니, 내가 그만큼 더 노력하는 거야! 내가 대체 뭘 잘못한 건데?!"

감정에 휘말려, 남에게 따진다. 아리사가 이런 것은 초등학생 때 이후로 처음이었다.

평소 좋든 싫든 감정을 드러내지 않는 아리사가, 처음으로 마음속의 격정을 드러냈다.

그 모습을 본 마사치카는 눈을 치켜뜨더니, 곧 딱 잘라 이렇게 말했다.

"노력의 방향성이 잘못됐어."

"뭐—?"

상대방이 정면에서 반박하자, 아리사는 당황했다. 마사치카는 그런 아리사를 똑바로 바라보며 조용히 말을 이었다.

"문화제란 이벤트는 혼자 힘으로 하는 게 아니야. 다 함께 힘을 합쳐서 하는 거잖아? 멋진 이벤트를 만들고 싶다면, 어차피 남들은 의욕이 없다며 포기할 게 아니라, 남들이 의욕을 내게 할 방법을 생각해봐야 하지 않을까?"

"……."

그 올곧은 눈길에, 반론을 용납하지 않는 정론에, 아리사는 무심코 고개를 돌릴 뻔했다.

하지만, 아리사의 자존심이 그것을 허락하지 않았다. 이대로 잠자코 질 수는 없다는 듯, 마사치카를 노려봤다. 하지만 아리사가 무슨 말을 하기도 전에, 마사치카가 고개를 돌렸다.

"……뭐, 이런 말을 들어봤자 열받기만 할 거야. 미안해. 쿠죠 양이 노력하고 있다는 건 알아. 그 노력을 부정할 생각도 없어."

"아—."

마사치카가 사과하듯 고개를 살짝 숙이자, 아리사는 어쩌면 좋을지 알 수가 없었다.

자신의 화풀이에 상대가 사과로 답하자, 마음속의 분노가 향할 곳을 잃었다.

무엇보다, 「쿠죠 양이 노력하고 있다는 건 알아」. 그 말이, 묘하게 가슴에 와닿아서 숨을 제대로 쉴 수가 없었다.

"……돌아갈래."

결국 아리사는 그 말만 겨우 쥐어짜 내듯 말한 후, 가방을 들고 빠른 걸음으로 교실을 나섰다.

(뭐야……? 대체 뭐냔 말이야!)

여러 가지 감정이 소용돌이치고 있는 마음을, 필사적으로 억누르며 교내를 나아갔다. 불만과 후회 너머에 존재하는 미세한 기쁨을, 눈치채지 못한 척하며…….

◇

—다음 날.

"이 자식들아~! 합숙하자아아아—!!"

문화제 준비 회의는, 텐션이 머리끝까지 치솟은 타케시의 고함으로 시작됐다.

클래스메이트들이 무슨 일인지 몰라 어리둥절한 표정을 짓자, 타케시는 흥분한 어조로 마사치카가 합숙소 사용 허가를 입수했다는 것을 설명했다.

"문화제를 준비하면서, 밤에는 학교를 이용한 숨바꼭질과 담력 시험! 각종 레크리에이션을 갖춘, 우리만의 전전전야제다아아아—!! 우오오오오오—!!"

타케시가 폭주하자, 클래스메이트들은 쓴웃음을 지으며 「전전전이 아니라 일주일 전이라고」, 「준비가 아니라 노는 게 메인 아냐?」 같은 소리를 하면서도 그 텐션에 끌려가듯 관심을 보였다.

이러쿵저러쿵하는 사이에 당일 스케줄이 짜였고, 회의가 끝났을 무렵에는 다들 즐겁게 오늘 할 일에 대해 즐겁게 이야기를 나누고 있었다.

문화제 기획을 짤 때 이상으로 다들 흥분해 있었다.

그리고, 맞이한 준비 합숙 당일. 한밤의 레크리에이션을 비롯해 여자애들의 수제 요리라는 미끼에 낚인 남학생들이 의욕을 보이면서, 작업은 빠르게 진행되기 시작했다.

하늘을 찌를 것 같은 사기는 합숙 후에도 이어졌고, 문화제 당일에는 아리사가 목표로 한…… 아니, 그 이상의 퀄리티를 자랑하는 귀신의 집이 완성됐다.

게다가 매상도 전교에서 최고를 기록하면서 표창까지 받았다.

"아……."

"수고했어, 쿠죠 양."

그 모든 일이 끝난 후의 후야제. 교정에서 학생들이 원을 그리며 포크 댄스를 추는 가운데, 그 모습을 곁눈질하며 건물을 향해 걸어가던 아리사는 현관 앞 계단에 앉아 있던 마사치카와 마주쳤다.

마사치카는 무릎 위에 팔을 얹고 턱을 괴더니, 교정 쪽을 쓴웃음을 머금은 채 쳐다보고 있었다.

아리사가 그 시선을 따라가 보니, 여자애에게 일일이 댄스 신청을 하는 타케시와 거꾸로 수많은 여자애에게 댄스 신청을 받는 히카루의 모습이 눈에 들어왔다.

"하하, 저 녀석들도 고생이 많네."

"……너는 안 가?"

남의 일이라는 듯 쳐다보며 웃고 있는 마사치카에게 아리사가 그렇게 묻자, 그는 한쪽 눈을 슬쩍 치켜뜨며 어깨를 으쓱했다.

"응? 뭐, 춤출 상대도 없거든……. 그건 그렇고, 이 학교에는 이런 구시대적인 부분이 꽤 있다니깐. 후야제에서 포크 댄스를 추는 학교가 요즘 어디 있냐고……. 뭐, 캠프파이어는 안 하지만 말이야."

"……옆에 앉아도 돼?"

"응? 아, 그건 괜찮은데…… 너는 춤추러 안 가? 쿠죠 양이라면 춤추자는 사람이 넘칠 거 아냐. 아, 혹시 포크 댄스를 못 춘다거나?"

"나를 뭐로 보는 거야? 이래 봬도 어릴 적에는 발레를 했거든? 저 정도 댄스는 얼마든지 출 수 있어. 뭐, 귀찮아서 출 줄 모른다고 둘러대며 댄스 신청을 다 거절했을 뿐이야."

흥 하고 코웃음을 치며 머리카락을 등 뒤로 넘긴 아리사는 마사치카의 옆에 앉았다.

"거참…… 고생 많네."

"그렇지도 않아. 익숙하거든."

"그렇사옵니까. 역시 고고한 공주님이네."

"그건 또 뭐야?"

아리사가 눈썹을 살짝 찌푸리며 그렇게 대꾸하자, 마사치카는 뜻밖이라는 투로 말했다.

"어라? 모르는 거야? 다른 학생들이 쿠죠 양을 요즘 그렇게 불러."

"……흐~음."

"왠지 별로 기쁘지 않아 보이네."

"응. 그다지 기쁘지 않네."

"어째서야? 외톨이라는 걸로 놀림당하는 것 같아서?"

"그렇지 않아. 그리고 너야말로 나를 놀리는 투로 말 좀 하지 말아줄래?”

“미안해.”

아리사가 날카롭게 노려보자, 마사치카는 목을 움츠렸다. 「화나게 했네」 하며 아랫입술을 삐죽 내미는 마사치카를 본 아리사는 한숨을 내쉬며 말했다.

“내가 마음에 들지 않는 건, 『공주님』 쪽이야.”

“왜? 보통은 칭찬이잖아.”

“그래? 나는 고생 모른 채 꿈속에서나 사는 사람, 이란 의미로 들려.”

“아하~. 뭐, 그렇게 볼 수도 있겠지.”

“확실히 나는 남들보다 뛰어난 외모와 재능을 가지고 태어났어. 하지만 거기에 안주하며 노력을 거른 적은 단 한 번도 없어. 내가 이제까지 해온 노력을, 그저 태생이 좋았을 뿐이라고 말하며 부정하는 것 같아 불쾌해.”

“그렇구나.”

아리사가 불쾌하다고 딱 잘라 말하자, 마사치카는 납득했다.

“그럼 나는 그런 식으로 부르지 않겠어.”

“그래?”

아리사는 아무래도 상관없다는 투로 그렇게 말한 후, 앞을 바라보며 조용히 말했다.

“……고마워, 쿠제.”

"응? 뭐가 말이야?"

"나…… 이렇게 즐거운 마음으로 문화제를 마친 건, 처음일지도 몰라."

반 행사 같은 건 아리사한테 귀찮은 일이었다.

언제나 자기가 다른 멤버를 챙겨야만 했고, 끝난 후에는 성취감이 아니라 피로를 느꼈다.

하지만 이번에는 달랐다. 클래스메이트와 힘을 합쳐 준비하니, 참 즐거웠다.

함께 해냈다는 성취감은 혼자 해냈을 때의 성취감보다 컸고, 지금은 피로한데도 불구하고 상쾌하다는 느낌에 사로잡혔다.

"확실히, 나는 방향성이 잘못됐어. 계속 혼자 하려 했다면, 이런 마음으로 문화제를 치르지 못했을 거야……. 그리고, 그때 괜히 화를 내서 미안해."

아리사가 고개를 돌리면서도 솔직하게 사과하자, 마사치카는 거북하다는 듯 손을 내저었다.

"신경 쓰지 마. 그리고 나는 인맥만 좀 동원했을 뿐이잖아. 타케시나 쿠죠 양처럼 남들 곱절로 열심히 일하진 않았어."

확실히 클래스메이트들을 움직이게 하며 작업을 한 사람은 타케시다. 하지만 그런 타케시를 움직이게 하고, 모든 준비를 한 사람은 바로 마사치카였다.

게다가 의욕 없이 빈둥거리는 것 같으면서도, 실은 클래스메이트들이 작업하기 쉬운 환경을 조성하며 여러모로 도움을 줬다.

당사자는 별것 아니라고 말했지만, 아리사는 마사치카야말로 이번 일에 있어 최대 공로자라는 것을 안다.

"나는 신경 쓰여. 괜히 화낸 것에 대한 사과와…… 이번 일의 답례도 겸해서 뭔가 해주고 싶어. 나한테 뭔가 바라는 건 없어?"

"답례…… 답례, 라……."

"됐다는 대답은 할 생각 마."

"으음……."

아리사가 일찌감치 도주로를 차단하자, 잠시 동안 고개를 갸웃거리던 마사치카는 곧 뜬금없는 질문을 던졌다.

"그러고 보니 러시아에는 특수한 애칭으로 서로를 부르는 습관이 있지? 아리사는 러시아에서 어떤 애칭으로 불렸어?"

"갑자기 무슨 소리를 하는 거야?"

"아리샤? 아니, 아리시아, 아리치카일까? 러시아의 애칭은 그런 느낌 맞지?"

"……아랴야. 가족들은 나를 아랴라고 불러."

"그래……. 그럼 사과와 답례 삼아서, 아랴라고 부를 권리를 줘."

"뭐? 그게 무슨 답례야?"

아리사가 영문을 모르겠다는 듯 미간을 모으자, 마사치카는 훗 하고 공허한 미소를 머금었다.

"모두가 동경하는 우리 반의 아이돌을, 유일하게 애칭으로 부르는 남자. 희열 그 자체!!"

"바보 아냐?"

"감사하옵니다~!!"

"징그러워."

마사치카가 갑자기 바보 같은 소리를 하자, 아리사는 질린 표정을 지으며 그렇게 말했다. 바로 그때, 주위에서 알짱거리던 남학생 한 명이 아리사에게 말을 걸었다.

"저, 저기, 쿠죠 양. 괜찮다면 저와 춤추지 않겠어요?"

"앗! 인마, 새치기하지 마! 아리사 양, 실은 전부터 호감을 품고 있었어요. 저와 춤춰주세요!"

"은근슬쩍 고백하지 마! 그럼 나도—."

한 남자애가 말을 걸자, 대여섯 명의 남자애들이 아리사에게 몰려들었다.

아무래도 마지막 댄스 타임이라서, 용기를 쥐어짜 낸 것 같았다.

"미안해. 나는 춤 잘 못 춰."

"괜찮아. 나, 춤은 자신 있어. 가르쳐줄게."

"뭐? 내가 더 잘 추거든? 저기, 저랑 춰요. 네?"

"그냥 음악에 맞춰 몸만 흔들면 돼요!"

아리사는 양해를 구하며 딱 잘라 거절했지만, 남자들은 전혀 물러설 기색이 없었다.

남자들이 슬금슬금 다가오자, 아리사는 눈을 가늘게 뜨며 자리에서 일어섰다.

"당신들—."

그리고, 인정사정없이 쏘아붙이려던 순간…….

갑자기, 아리사의 오른손을 누군가가 쑥 잡아당겼다.

"미안한데, 선약이 있어. 가자, 아랴."

마사치카는 남자들에게 들리도록 그렇게 말한 후, 아리사의 손을 잡은 채 교정을 향해 걸음을 내디뎠다.

"잠깐, 만……!"

반강제로 자기를 끌고 가는 마사치카에게 항의하면서도, 아리사는 허둥지둥 그의 뒤를 따랐다.

원래라면 손을 뿌리치며 뺨을 때렸겠지만, 그때의 아리사는 자기도 의외라는 생각이 들 만큼 순순히 마사치카를 따라갔다.

심장이 시끄럽게 뛰었다. 앞장서고 있는 마사치카의 커다란 등에서 눈을 떼지 못했다.

생각해 보니, 이성에게 손을 잡힌 채 끌려가는 일 자체를 아리사는 태어나서 처음으로 경험해봤다.

(맞아. 처음이라서 조금 혼란스러운 것뿐이야. 다른 의

미 같은 건 눈곱만큼도 없어!)

아리사가 자기 자신을 향해 그렇게 말했을 즈음에 마사치카는 춤추고 있는 학생들 사이에 멈춰 섰고, 그와 동시에 마지막 곡이 흘러나오기 시작했다.

"맞다. 아까 말했지? 발레를 해서 포크 댄스 같은 건 얼마든지 출 수 있다고 말이야."

"으…… 응. 그게 왜?"

아리사가 필사적으로 정신을 추스르며 되묻자, 마사치카는 도발하는 미소를 머금었다.

"그럼 어디 실력 좀 볼까요? 공 · 주 · 님?"

놀리는 말투. 아까 나눴던 대화를 생각하면, 그 의도는 명백했다.

"……배짱 한번 좋네. 꼴사나운 모습 보이지 않도록, 열심히 춤이나 춰."

"너무 의욕을 내다가 내 발을 밟지나 말라고, 아랴 양~."

"……흐, 흥!"

마사치카가 조롱하는 미소를 머금자, 눈을 부릅뜬 아리사의 볼이 부르르 떨렸다.

원래라면 연인이 함께 출 라스트 댄스에, 달콤함과는 거리가 먼 분위기 속에서 두 사람은 임했다. 처음에는 주위 사람들과 비슷하게 췄지만, 아리사의 스텝이 서서히 포크 댄스와 멀어지고 있었다.

긴 손발을 우아하게 펼치며, 한밤중의 교정에서 가볍게 춤추는 아리사. 곡에 어울리긴 했지만, 그것은 포크 댄스라 부를 만한 것이 아니었다.

하지만 마사치카는 파트너의 폭주에 움직임을 절묘하게 맞추고 있었다. 대등하게 따라가고 있지는 않았다. 하지만, 휘둘리고 있는 건 아니었다.

파트너에게 방해가 되지 않도록, 그리고 지나치게 폭주하지 않도록 절묘하게 맞춰주고 있었다. 두 사람의 승부는, 주역과 조역이 명확하게 나뉘는 것을 통해 기적적으로 댄스라는 형태로 성립되고 있었다.

(아아, 그래…… 당신은, 그런 사람이구나.)

그러는 사이, 아리사는 마음속으로 이해했다. 이 댄스, 이 스타일이야말로 마사치카 그 자체였다.

자신은 겉으로 드러나지 않으며, 타인을 도와준다. 자신이 그림자가 되면서, 타인을 빛나게 한다. 그것이, 마사치카란 인간이다.

"후후…… 아하하!"

정신을 차리고 보니, 아리사는 웃고 있었다. 승부 삼아 시작한 댄스를, 어느샌가 아리사는 진심으로 즐기고 있었다.

하지만, 그런 시간은 오래가지 않았다. 얼마 지나지 않아 노래가 멎자, 댄스는 끝났다. 아쉬움을 느끼면서도, 마사치카와 손을 놓으며 인사를 나눴다.

"이야, 역시 잘 추네. 따라가는 것도 벅찼다고."

"그래도 즐거웠어."

아리사의 그 솔직한 말에, 마사치카는 허를 찔린 표정을 지으며 눈을 껌뻑였다.

"……그럼 나는 먼저 돌아갈래."

"어머? 에스코트해주지 않을 거야?"

"좀 봐주라. 그랬다간 질투에 미친 남자들이 나를 죽일 거야."

"흐음, 그래? 좋은 이야기를 들었네."

마사치카가 자기 목을 조르는 시늉을 하자, 아리사는 싱긋 미소 지으면서 그와 팔짱을 꼈다.

"잠깐만, 뭐하는—."

"그럼 에스코트 부탁할게."

"……즉, 나보고 죽으라는 거냐?"

"나를 공주님이라고 부른 벌이야."

"으극……."

마사치카가 질린 표정을 지으면서도 팔짱을 낀 채 걸음을 옮기자, 아리사는 그제야 한 방 먹여줬다는 듯 의기양양하게 웃었다.

이제 와서 자기 행동이 부끄럽게 여겨졌지만, 지금은 그 이상으로 기분이 좋았다. 누군가와 함께, 어깨를 나란히 하며 걷는다. 그게 너무나도 기뻤다.

건물 쪽으로 이어지는 짧은 길을 걸으면서, 아리사는 초등학생 때부터 쭉 느껴왔던 막연한 고독과 소외감이 서서히 옅어지는 것을 느꼈다…….

……분명, 느꼈다. 하지만 다음 날…….

"좋은 아침이야, 아랴. 미안한데, 국어 교과서 좀 보여주면 안 돼?"

마사치카는 다시 의욕 없는 마사치카로 되돌아갔다.

"……."

"이, 이봐, 왜 그래? 아랴. 왜 쓰레기를 보는 눈빛으로 나를 쳐다보는 건데?"

"이, 쓰레기."

"너무 매몰찬 거 아냐?!"

"……하아."

마사치카가 딱딱한 미소를 지으며 비명을 지르자, 아리사는 보란 듯 한숨을 내쉬며 고개를 휙 돌렸다.

그리고 고개를 돌린 채 국어 교과서를 내밀더니, 러시아어로…….

【어제는 참 멋있었는데…….】

……하고, 불쑥 중얼거렸다.

그 후로도, 마사치카는 변하지 않았다.

항상 의욕 없는 모습으로 아리사를 어처구니없게 만들면

서도, 여차할 때는 누구보다 믿음직했다. 별일 아니라는 표정으로, 은근슬쩍 도와줬다.

주위에 있는 모든 인간을 경쟁 상대로 여기는 아리사는 마사치카의 그런 행동이 기묘하게 여겨졌지만…… 그와 동시에, 안심됐다.

이 사람과는 경쟁하지 않아도 된다. 우열을 겨루지 않아도 된다는 사실이, 아리사의 마음을 가볍게 해줬다. 그 후로 아리사는 마사치카만은 아무런 부담도 느끼지 않으며 대하게 됐다.

평소의 의욕 없는 모습이 답답해서 꾸짖거나, 언제나 여유로운 태도가 마음에 들지 않아서 놀려주기도 했다. 마치 자신을 내려다보며 돌보는 듯한 모습에 화가 난 나머지, 러시아어로 부끄러운 소리를 늘어놓은 후에 그걸 알아듣지 못하는 마사치카를 비웃기도 했다.

그런 나날을 보내다 보니, 어느새…….

◇

"좋아하게 된 거구나~. 멋져!"

마리야가 손뼉을 치며 환한 목소리로 그렇게 말하자, 아리사는 한숨을 내쉬었다.

"그러니까…… 그런 게 아니거든? 내 말 제대로 듣긴 한 거야?"

"어어~? 아무리 들어도 두 사람의 연애담으로만 들리던 걸?"

"이상한 소리 하지 마. 아까 친구 사이라고 말했잖아?"

"음음~. 친구에서 연인으로. 왕도네~. 나와 사아도 그랬다니깐~. 안 그래~? 사아."

마리야는 깊디깊은 가슴 계곡에서 금색 펜던트를 꺼내더니, 안에 들어 있는 사진을 향해 방긋 웃으면서 그렇게 말했다.

만화의 한 장면이었다면 머리에서 하트 마크라도 나올 모습이다. 완전히 사랑에 빠진 소녀 모드가 된 언니를 본 아리사는 미적지근한 눈길을 보냈다.

"뭐, 그래도……. 능력만큼은…… 인정하고, 신뢰하고 있긴 해."

아리사가 시선을 돌리면서 내키지 않는다는 투로 그렇게 말하자, 마리야는 연인의 사진을 바라보며 고개를 끄덕였다.

"응, 할 때 하는 남자는 멋져. 사아도 그래. 옛날에 개한테 공격을 받을 뻔한 나를 구해준 사아의 뒷모습! 그건 정말—."

"애정 과시나 할 거면 이제 그만 나가줄래?"

"정말, 아랴는 차갑다니깐!"

마리야가 볼을 부풀리자, 아리사는 차가운 눈길을 보냈다.

"그리고, 나는 항상 노력하는 타입을 좋아해."

"아랴는 뭘 모른다니깐. 평소에는 영 미덥지 못한 그가, 때때로 보여주는 남자다운 일면! 그게 끝내주는 거잖아~!"

"견해의 차이네. 나는 평소의 의욕 없는 쿠제를 보면 진심으로 울컥하거든."

이야기를 나누면서도 이런저런 일이 생각난 건지, 아리사의 목소리에 힘이 들어갔다.

"툭하면 교과서를 깜빡하지 않나, 수업 중에 졸지 않나! 게다가, 아무리 주의를 줘도 기죽지를 않아! 항상 헤실헤실 웃으며 뺀질뺀질 빠져나간다니깐……. 뭐, 그러니까 나도 마음 놓고 할 말을 다 할 수 있는 거지만……."

"그래그래. 즉, 두 사람 사이에는 명확한 신뢰 관계가 존재한다는 거구나?"

"이야기가 왜 그렇게 되는 거야?"

"무슨 말을 해도, 쿠제라면 절대 내 곁을 떠나지 않을 것이다. 그걸 아니까, 아랴는 쿠제와 마음 편히 이야기를 나눌 수 있는 거잖아? 그리고 쿠제도 그걸 허락하고 있어. 그건 멋진 신뢰 관계 아닐까?"

뜻밖에도 날카로운 지적이었기에, 아리사는 한순간 말문이 막혔다. 하지만, 곧 마음을 추스르며 부정했다.

"아냐. 쿠제는 누가 보기에도 주의받아 마땅한 학생이니까, 나도 거침없이 주의를 줄 수 있는 거야. 확실히…… 부담을 느끼지 않아도 되는 상대라는 건 인정할게. 하지만,

그게 연애 감정과 직결되어 있진 않거든? 애초에, 좋아한다는 건 그런 거잖아? 그러니까…… 데이트하고 싶다거나, 키스, 하고 싶다거나, 같은 거 말이야. 나, 그런 생각을 한 적 없는걸…….”

아리사는 자기 입으로 말하면서도 부끄러운지 시선을 돌렸고, 마리야는 양손을 맞대며 푸근한 미소를 머금었다.

“아랴는 참 귀여워.”

“무슨 소리야……. 바보 취급하는 거야?”

“그런 거 아냐. 저기, 아랴. 데이트나 키스 같은 특별한 게 아니라도 괜찮아. 좋아하는 사람과 이야기를 나누거나 피부를 맞대는 것만으로도 특별한 기분에 사로잡히는 법이야.”

자랑하듯 어깨를 쫙 펴며 풍만한 가슴을 과시한 마리야가 아는 체하는 표정으로 그렇게 말했다. 그 말을 들은 순간, 아리사의 눈썹이 움찔했다.

“……구체적으로는?”

웬일로 아리사가 관심을 보이자, 평소처럼 대충 흘려넘길 거라고 생각했던 마리야는 살짝 놀란 것처럼 눈을 껌뻑이며 먼 곳을 쳐다보는 눈길을 머금었다.

“으음~, 글쎄……. 가장 알기 쉬운 건, 손을 맞잡는 거? 그렇게까지 하지는 않더라도, 손이 맞닿기만 해도 상대가 좋아하는 사람이라면 가슴이 뛸 거야. 부끄러워서 우와~ 하고 외치고 싶어지겠지만, 싫지는 않겠지. 왠지 행복한 기분에 사로잡혀서—."

"……부끄러워서, 고함을 치고 싶어진다……."

이야기하면서 점점 흥분한 건지, 마리야는 사춘기 소녀 같은 표정으로 꺄아꺄아~ 거리며 사랑에 관해 이야기했다. 그리고 연인의 사진을 보면서 몸을 배배 꼬기도 했다.

그 앞에서 아리사는 자기 다리를 내려다보더니, 서서히 마리야의 앞으로 오른발을 내밀었다.

"응? 어? 왜 그래? 아랴."

"미안한데, 양말 좀 벗겨주면 안 돼?"

"어, 왜?"

마리야는 그런 뚱딴지같은 부탁을 듣고 눈을 깜빡였지만, 아리사의 표정을 보고 뭔가를 눈치챈 건지 그대로 카펫 위로 이동해서 그녀의 오른발에 손을 댔다.

"응……."

마리야가 아리사의 니삭스를 손으로 벗겼다. 아리사는 굳은 표정으로 그 광경을 쳐다봤다.

"자, 벗겼, 는데…… 다른 한 짝도 벗겨줄까?"

마리야가 영문을 모르겠다는 표정을 지으며 다른 한 짝을 손가락으로 가리키자, 아리사는 미간을 찌푸리며 말했다.

"……아니, 다시 신겨줘."

"응? 대체 왜 그러는 거야?"

"부탁 좀 할게."

"……알았어~."

마리야는 의아한 표정을 지으면서도 방금 벗긴 양말을 다시 신겨줬다. 그 모습을 지그시 쳐다보던 아리사는 더욱 표정을 굳혔다.

"자, 다 됐어. ……어때?"

"……."

마리야는 아리사의 표정을 살피듯 올려다보며 그렇게 말했다. 그런 와중에도 굳은 표정으로 자신의 발을 내려다보던 아리사는 갑자기 한숨을 내쉬며 자리에서 일어났다.

"……안 되겠어. 역시 마샤는 참고가 안 돼."

"그게 무슨 소리야?! 뭐가 어떻게 된 건지 모르겠지만, 이 언니야는 마음에 상처를 입었거든?"

"아무튼, 됐어. 옷 갈아입을 거니까 나가줘."

"으으…… 아랴, 혹시 반항기? 반항기야? 어쩌지, 사아. 아랴가 반항기야."

한심한 표정을 지으며 고개를 푹 숙인 마리야를 방에서 쫓아낸 후, 아리사는 다시 자기 오른발을 내려다봤다. 그리고 자신의 허벅지를 손가락으로 훑었다.

왠지 부끄러워져서 고개를 들어보니, 전신 거울이 눈에 들어왔다. 그 거울에 비친 아리사는 희미하게 얼굴을 붉히고 있었다.

"어……."

그런 자기 자신을 부정하려는 듯, 아리사는 인상을 찡그렸다. 그리고, 머릿속에 떠오른 한 소년을 향해, 인상을 찡그리며 말했다.

【그런 거 아냐.】

퉁명하게 내뱉은 러시아어는, 누구에게도 전해지지 않은 채 방 안의 공기에 녹아들며 사라졌다.

제 5 화 그만해! 나 때문에 다투지 마!

"좋아~, 끝났어~. 가자~, 히카루."

"응."

종례가 끝난 덕분에 방과 후 특유의 이완된 분위기가 감도는 교실 안, 마사치카는 짐을 챙기면서 두 절친을 쳐다보았다.

"어라? 타케시는 경음악부야? 야구부는?"

"오늘은 쉴 거야. 이 시기에는 활동일이 좀 변칙적이거든."

"흐음~."

타케시와 히카루는 경음악부에서 밴드를 하고 있지만, 타케시는 야구부에도 속해 있다.

그 이유가 「스포츠와 음악을 하면 여자한테 인기 있지 않을까?」라는 안이하고 흑심으로 가득 차 있다는 점이 타케시답지만 말이다.

"마사치카는 이제 돌아갈 거야?"

"그래~. 뭐, 할 일도 없거든~."

"마사치카도 부활동을 하면 되잖아. 시기적으로는 조금 늦었지만, 아직 받아줄걸?"

"귀찮아."

"인마…… 부활동을 통해 청춘을 즐길 수 있는 건 지금뿐이라고."

마사치카의 귀찮다는 반응을 본 타케시는 고개를 절레절레 젓더니, 과장되게 하늘을 우러러보았다.

"부활동을 통해 깊어지는 우정! 흙냄새 나는, 땀과 눈물과 노력의 나날! 그리고…… 그 안에서 불타오르는, 풋풋한 사랑!"

"의견 차이로 파탄 나는 우정. 쇠 냄새 나는, 피와 눈물과 후회의 나날. 그리고…… 일부 에이스에게 여자애를 독점당해 불타오르는, 거무튀튀한 질투심."

"그만해! 부활동의 다크한 부분만 거론하지 마! 우리 부는 그렇지 않다고!"

"우정 따위…… 결국은, 덧없는 거거든?"

"거봐! 히카루가 흑화해 버렸잖아~!"

"미안해, 히카루. 내가 잘못했으니까 돌아와."

"사랑 따위…… 사람을 상처 입힐 때가 압도적으로 많거든?"

갑자기 눈에서 빛이 사라진 히카루가 시꺼먼 어둠에 뒤덮이기 시작하자, 마사치카와 타케시는 필사적으로 그를 달랬다.

어찌어찌 흑화 히카루 님을 돌려보낸 후, 두 사람과 헤어진 마사치카는 신발장으로 향했다.

"부활동……."

교정에 모여 있는 축구부 부원들을 쳐다보면서, 내키지 않는 투로 그렇게 중얼거렸다.

학생회 때문에 바빴던 중학생 시절과 달리, 지금의 마사치카에게는 부활동을 할 여유가 충분히 있었다. 부활동을 즐기는 친구들을 보며, 나름대로 느끼는 바가 있었다.

하지만, 영 내키지가 않았다. 의욕이 나지 않았다. 귀찮다는 생각이 마음속에서 치밀어 올랐다.

마사치카에게 있어, 새로운 무언가를 시작한다는 것은 어마어마한 수고를 들여야만 하는 일이었다.

"뭐, 이렇게 계속 기회를 놓치다, 결국 아무것도 하지 않겠지만 말이지……."

자조 섞인 어조로 그렇게 중얼거렸지만, 그의 가슴속에서는 아무런 감정도 생겨나지 않았다. 의욕을 불태울 정도의 열기가 생겨나지 않는 것이다.

"어라."

바로 그때, 호주머니에 넣어둔 스마트폰이 진동했다.

혹시나 해서 주위에 교사가 없는지 확인한 후, 마사치카는 스마트폰을 꺼내서 화면에 표시된 메시지를 읽었다.

"……하아."

그리고, 작게 한숨을 내쉬면서 뒤돌아섰다.

◇

복도를 나아간 마사치카는 메시지를 보낸 상대가 지정한 방의 문에 노크한 후, 열었다. 그러자, 마사치카를 이곳으로 부른 장본인인 스오우 유키가 그를 돌아보았다.

선반 앞에서 몸을 웅크린 채 비품 정리를 하던 유키는 꽃처럼 환한 미소를 짓더니, 치마를 누르며 몸을 일으켰고…… 그 직후, 달콤한 목소리를 내며 마사치카를 향해 쪼르르 뛰어왔다.

"어머, 마사치카~. 이쪽이야, 이쪽~."

평소의 아가씨다운 모습은 대체 어디에 가버린 건지, 유키는 귀여운 척 연기를 해댔다.

다른 학생이 봤다면「온실 속의 공주님께서 뭐 잘못 드셨나?!」하며 눈을 치켜뜰 만한 광경이지만, 마사치카는 쓴웃음을 머금으며 어울려줬다.

"미안~, 오래 기다렸어?"

마찬가지로 쪼르르 뛰어간 마사치카는 간드러진 목소리로 그렇게 말했다. 겉보기에는 미소녀인 유키는 몰라도, 마사치카가 저러니 매우 징그러웠다.

하지만 유키는 개의치 않으며, 연기를 이어갔다.

"응, 엄청~ 기다렸어~."

"에이, 지금은『아냐, 나도 방금 왔어』하고 말해야지~."

"사이가 참 좋네."

실내에 줄지어 있는 선반 너머에서 차가운 목소리가 들려오자, 마사치카는 얼어붙은 것처럼 꼼짝도 하지 못했다.

표정이 얼어붙은 채로 눈동자만 움직여 그쪽을 쳐다보니, 선반에 가득 놓여 있는 비품 사이로 이쪽을 쳐다보는 푸른색 도끼눈이 보였다.

"……아랴, 있었구나."

"응. 미안해. 내가 방해했지?"

"아냐. 하하……."

가시 돋친 목소리로 그렇게 말하는 아리사를 향해 억지로 미소를 지어 보인 마사치카는 유키를 향해 항의의 의미가 담긴 눈짓을 보냈다.

하지만 어느새 상류층 아가씨다운 태도로 되돌아간 유키가 청초한 미소를 머금으며 고개를 갸웃거리자, 마사치카의 볼이 부르르 떨렸다.

(이 녀석…….)

마사치카는 저 새침한 얼굴을 손가락으로 마구 찔러대고 싶은 충동에 사로잡혔지만, 아리사 앞이라 그럴 수가 없었기에 헛기침을 하며 얼버무렸다.

"으음…… 내가 뭘 하면 돼? 비품 정리를 도와달라며?"

"네. 저희 둘이서 하기엔 일손이 부족해서…… 부탁드려도 될까요?"

"뭐, 괜찮긴 한데…… 도주로를 하나하나 차단당하고 있는 느낌이 드는걸."

"기분 탓일 거예요."

"그럴려나……."

마사치카는 농담을 늘어놓으면서, 유키와 함께 안쪽으로 향했다.

"아랴도, 잘 부탁해."

"……응."

마사치카는 선반의 비품에서 눈을 떼지 않으며 대답하는 아리사를 향해 쓴웃음을 짓더니, 유키에게서 비품 리스트를 건네받았다.

"일단 이 근처에 있는 것부터 시작해주겠어요?"

"책상과 접이식 의자. 수량이 맞는지, 그리고 파손된 건 없는지 확인하면 되는구나. 오케이~. ……중학생 때도 생각했던 건데, 이런 것도 학생회가 할 일이야……?"

"글쎄요……. 하지만 어떤 비품이 어디에 얼마나 있는지 파악해두면, 이벤트 때 편리하잖아요?"

"뭐, 그건 그렇지만……. 여자애 둘이선 무리잖아……."

"일단 나중에 회장님이 도와주실 예정이지만, 회장님도 바쁘시니까요."

"아하."

현 학생회의 인재 부족의 심각성을 실감하면서, 마사치

카는 작업을 개시했다.

리스트에 쓰인 수량이 있는지 확인하고, 쿠션이 찢어지거나 다리 부분의 캡이 벗겨진 의자는 옆으로 빼놨다.

"역시 익숙하군요."

"그야, 뭐……."

유키의 솔직한 칭찬, 그리고 아리사로부터 감탄한 듯한 시선을 등 너머로 받으면서, 마사치카는 자신의 체력이 떨어졌다는 것을 실감했다.

(아~ 젠장. 벌써 팔이 아프네.)

두 사람의 앞이라 티를 내지는 못했지만, 학생회 소속으로 바쁘게 지냈던 2년 전보다 확실히 체력이 떨어졌다.

쌓여 있는 접이식 의자를 쉴 새 없이 옮긴 탓에, 팔과 허리가 아팠다.

(아아~. 나른해, 괴로워, 귀찮아. 괜히 한다고 했네. 하다못해 유키가 조금~만 일찍 연락을 줬으면 타케시도 끌어들였을 텐데 말이야아아아~~. 아니, 회장이 오기로 했으면 나를 부를 필요 없지 않아?)

마음속으로 꿍얼거린 마사치카는 그 불만을 활력으로 변환해 엄청난 속도로 작업을 진행했다. 그런 그의 등을 쳐다보며 유키가 말했다.

"마사치카 씨, 좀 도와주지 않겠어요?"

"응?"

뒤를 돌아보니, 유키가 선반 가장 위에 놓인 골판지 상자를 손가락으로 가리키며 난처한 표정을 짓고 있었다. 유키는 여자애 중에서도 몸집이 작은 편이라, 선반 가장 위에 놓인 짐을 내리는 게 어려우리라.

(그래. 힘쓰는 일과 높은 곳에 있는 물건을 옮기는 걸 시키려고 부른 건가.)

그렇게 생각한 마사치카는 유키의 곁으로 가서 골판지 상자를 대신 바닥에 내려놨다.

"고마워요, 마사치카 씨."

"응…… 이게 뭐야?"

약간 벌어진 뚜껑 틈새로 보인 컬러풀한 상자가 신경 쓰여서 열어보니, 안에는 다양한 테이블 게임이 들어 있었다.

"인생 게임에 카드 게임…… 뭐야? 왜 이런 게 있는 건데?"

"그게, 몇 년 전에 폐부된 테이블 게임부란 곳의 비품 같아요. 부의 예산으로 산 물건이 대부분이라, 학교 측에서 소유하게 됐다고 해요."

"아하~, 그렇구나……. 어, 이걸 빌려주는 거야?"

"네. 그래도 대부분의 학생은 이게 대여 대상이라는 걸 모르는 것 같지만요."

"그렇겠지. 애초에 어디 쓰는 거야?"

"문화제 같은 이벤트나…… 부의 뒤풀이 같을 때, 아닐까요? 저도 일전의 신규 학생회 결성을 기념한 친목회에서 가지고 놀았어요."

"흐음~, 그런데 누가 이겼어?"

"으음~, 일단 우승한 사람은 저예요."

"그랬겠지."

"그리고 2위가……."

"두 사람, 일이나 해."

"아, 죄송해요. 아랴 양."

"그거 미안하게 됐네."

아리사에게 주의를 받고 목을 움츠린 두 사람은 잡담을 멈추며 작업을 다시 시작했다. 마음속으로 반성한 마사치카는 괜한 생각을 하지 않으며 작업에 집중하기로 했다.

한동안 실내에서 무언의 시간이 흘렀다. 들리는 것은 비품을 움직이는 소리, 그리고 리스트에 뭔가를 쓰는 소리뿐이었다. 그 침묵 속에서, 아리사의 러시아어가 불쑥 들려왔다.

【나도 좀 신경 써줘.】

마사치카의 마음에 크리티컬 히트! 허를 찔렸기에 효과는 엄청났다!

(끄으으으으~~! 아냐, 이건 가벼운 도발에 지나지 않아! 치마를 살랑살랑 흔든 수준이라고! 반응하면 안 된단 말이다!)

마사치카는 입술을 깨물면서 입술이 씰룩이는 것을 필사

적으로 참았다. 그렇다. 아리사는 스릴을 즐기고 있을 뿐이다. 알아듣지 못할 거란 전제로 부끄러운 발언을 하며 즐기고 있는 것이다. 그러니 이것은 본심이 아니며, 반응을 보였다간 곤란해진다.

【신경 써줘~, 신경 써~, 신경~.】

압력이, 엄청나다……!!

아리사가 작은 목소리로 노래하듯 신경 써달란 말을 연이어 입에 담자, 마사치카는 마음속으로 피를 토했다. 이제는 저게 본심이 아니란 말을 마음속으로 늘어놓지도 못하는 지경에 이르렀다.

(아니, 대체 무슨 심정으로 저런 소리를 하는 거야?! 부끄럽지도 않은 거냐?!)

마사치카는 마음속으로 절규를 토했지만, 아리사도 부끄럽지 않은 건 아니었다.

(으으으으—?!!!!)

아리사는 소리 없는 절규를 터뜨렸다. 선반 앞에서 몸을 웅크린 채 작업 중인 아리사는 여러 가지 의미에서 가슴이 마구 뛰고 있었다.

알아들을 리가 없다고 생각하면서도, 등 뒤를 힐끔힐끔 쳐다봤다.

그리고 변함없이 작업을 이어가고 있는 마사치카의 등을 보고 안심했다.

(흐, 흥~, 눈치 못 챘네~. 이렇게 알기 쉽게 어필하고 있는데…… 저, 정말 눈치 없다니깐.)

서로에게 등을 보이며 작업을 하면서, 두 사람은 수치심에 부들부들 떨었다. 제삼자의 입장에서 보면 참 우스운 광경이었다.

【신~경~써~줘~, 신~경~써~줘~.】

(으극! 아, 안 돼! 아직 멀었어! 나한테 한 말이 아닐 가능성이 있잖아! 유키가 신경 써주기를 바라는 걸지도—.)

그런 두 사람의 상황을 눈치챈 건 아니겠지만, 유키는 입구 쪽에서 아리사에게 말을 건넸다.

"아랴 양, 무슨 일 있나요?"

흠칫한 아리사는 곧 표정과 목소리를 가다듬으며 말했다.

"아, 미안해. 노래를 흥얼거렸을 뿐이야."【너한테 한 말 아냐.】

(—역시 아니죠?! 그럴 줄 알았어요!)

인정사정없는 3연속 콤보를 당한 마사치카는 그대로 뻗어버릴 것만 같았다. 다리가 후들거리기 시작했다.

"흐, 흐음~. 러시아 노래야? 어떤 노래인데?"

마사치카가 묻자, 아리사는 퍼뜩 그를 돌아보았다. 왠지 기뻐 보이는 건, 마사치카의 기분 탓일까. 진상은 알 수 없지만, 일단 마사치카의 마음에는 추가 대미지가 가해졌다.

"제목……."

"뭐야, 기억 안 나는 거야?"

"아냐. 으음…… 『닿지 않는 마음』?"

"그렇구나……."

아리사가 부끄러운 듯 올려다보며 그렇게 답하자, 마사치카의 마음은 그대로 사망했다.

◇

"이걸로 얼추 끝났군요. 수고했어요. 마사치카 씨, 도와줘서 고마워요."

"고마워. 덕분에 살았어."

"그래."

약 한 시간 후, 마음을 비운 마사치카가 열심히 일해준 덕분에 예정보다 대폭 빠르게 작업을 마친 세 사람은 비품 창고를 나섰다. 바로 그때, 덩치가 큰 남학생이 다가왔다.

"뭐야. 벌써 끝난 거야?"

"아, 회장님. 수고 많으세요. 쿠제 씨가 협력해준 덕분에, 예정보다 빨리 끝났어요."

"아, 네가 쿠제구나. 나는 학생회장인 켄자키라고 해. 이야기는 익히 들었지. 꽤나 우수하다지?"

"으음, 안녕하세요."

마사치카는 인사를 하면서 눈앞에 있는 남자를 올려다보

았다. 자기소개를 들을 것도 없이, 마사치카는 그를 잘 알았다.

2학년인 켄자키 토우야. 고등부 현 학생회를 이끄는 카리스마 학생회장이다.

거한이었다. 키가 큰 것은 물론이고 넓은 어깨와 두꺼운 상체를 지녔기에, 가까이에서 보니 더 크게 느껴졌다. 언뜻 보면 딱히 미남 같지는 않았다.

오히려 상당한 겉늙은이였다. 거기에 체격이 더해지면서, 도저히 고등학교 2학년 같아 보이지 않았다.

하지만, 잘 정돈된 눈썹과, 세련된 안경…….

무엇보다 자신감 넘치는 표정이 그에게 남성적인 매력과 관록을 감돌게 했다.

(그래. 확실히 엄청난 카리스마야.)

언뜻 봤을 뿐인데도 믿음직한 남자란 느낌이 들었다. 이 남자를 따라가면 괜찮을 거란 생각이 들었다. 과장되게 표현하자면, 제왕의 품격이 감돌았다.

초 하이스펙 미소녀 네 명을 혼자서 이끄는 남자가 어떤 인물인지 궁금했는데, 이렇게 실제로 보니 이해가 됐다. 마사치카는 솔직한 마음으로 그렇게 생각했다.

"그럼, 저는 이만 가볼게요."

"아, 기다려. 도움을 받아놓고 그냥 보내는 것도 좀 미안하거든. 시간도 이렇게 됐으니 밥이라도 대접하고 싶은걸."

"아니, 그 마음만으로 충분한데……."

마사치카는 토우야의 제안을 듣고 머뭇거렸다. 단순히 초면인 선배에게 밥을 얻어먹는 게 좀 그렇다는 마음도 있었지만, 동시에 불길한 추측이 머릿속을 스쳤다.

구체적으로는 유키가 자신을 부른 진정한 목적은 바로 이것이 아닐까. 그 추측을 긍정하듯, 유키가 입을 열었다.

"괜찮지 않을까요? 어차피 집에 돌아가봤자, 밥은 구경 못 할 거잖아요?"

"유키……."

"응? 어째서 스오우는 쿠제가 밥을 구경 못 할 거란 걸 아는 거지?"

토우야와 아리사가 지극히 당연한 의문이 담긴 시선을 보내오자, 유키는 새침한 미소를 지으며 답했다.

"소꿉친구니까요."

(이봐, 그건 대답이 안 된다고~.)

마사치카는…… 그리고 아마 토우야와 아리사도 마음속으로 그렇게 태클을 날렸겠지만, 유키의 조각상 같은 미소에는 그런 태클을 날리기 어려운 박력이 느껴졌다.

"그래……. 뭐, 그렇다면 마침 잘 됐는걸. 스오우와 동생 쿠죠도 같이 가자. 잡일을 떠맡긴 것에 대한 답례로, 오늘은 내가 한턱내겠어."

"그렇게 할게요, 회장님."

"……네, 감사해요."

"으으~, 진담인가요."

정신을 차리고 보니 같이 밥을 먹게 됐다. 내키지는 않아도 단호히 거절할 마음도 들지 않았기에, 마사치카는 머뭇거리면서도 따라갔다.

(이게 학생회장의 수완인가…….)

체념의 경지에 이른 마사치카가 그렇게 생각하고 있을 때, 유키가 그를 돌아보며 히죽 웃었다. 아무래도 이게 진짜 목적이었던 것 같았다.

(이게 학생회 홍보의 책략인가…….)

마음속으로 탄식을 터뜨린 마사치카는 옆에서 걷고 있는 아리사를 별생각 없이 힐끔 쳐다봤다.

"……왜?"

"아, 그냥 본 거야."

"뭐? 이유도 없이 여성의 얼굴을 쳐다보는 건 무례한 행동이거든?"

"미안해."

맞는 말이기에, 마사치카는 반성하며 앞을 바라봤다.

(이게 학생회 회계의 얼음장 같은 태도인가…….)

바보 같은 생각을 한 마사치카는 마음속으로 아련한 눈길을 머금었다.

【가슴이 두근거렸잖아.】

마사치카는 아련한 눈길을 머금은 채 피를 토했다. 입가를 히죽거리며 미소를 머금은 아리사가 힐끔힐끔 쳐다보는 느낌이 들었지만, 반응을 보일 여유가 없었다. 이미 마사치카의 MP(멘탈 포인트)는 0이었다.

다시 무의 경지에 들어선 마사치카는 현관에서 신발을 갈아 신고 밖으로 나갔다.

그리고 잠시 후, 축구부로 보이는 집단과 마주쳤다.

연습을 마친 그들은 마사치카를 비롯한 네 사람을 보더니, 자연스럽게 옆으로 물러났다.

(뭐, 내가 아니라 다른 세 사람을 보고 물러난 거겠지.)

그리고 엇갈리는 사이에도, 옆에서 시선이 느껴졌다. 가장 많은 시선이 몰린 이는 역시 아리사였다.

다음은 유키, 그리고 다음이 마사치카였다. 하지만 마사치카를 향한 시선은「이 녀석은 누구야?」라는 미심쩍은 시선이었다.

(뭐, 그렇겠지.)

마사치카도 자기가 이 자리에 어울리지 않는다고 생각하지만, 그런데도 좀 멋쩍은 느낌이 들었다.

하지만 아리사와 유키는 대단했다. 마사치카보다 많은 시선이 쏠렸지만, 전혀 동요하지 않았다. 개의치도 않는 느낌이 들었다.

학교를 나선 후에도 그 점에는 변함이 없었다. 수많은

통행인의 시선이 두 소녀에게 몰렸다. 하지만 마사치카 이외의 세 사람은 익숙하다는 듯 길을 나아가더니, 학교에서 걸어서 십 분 거리에 있는 패밀리 레스토랑에 들어갔다.

안내된 곳은 테이블석이었다. 우선 토우야가 가장 안쪽에 앉았고, 마사치카는 그의 맞은편을 피하기 위해 두 소녀에게 먼저 앉을 것을 권했다. 하지만…….

"마사치카 씨, 먼저 앉으세요."

"아랴, 먼저 앉으라네."

"내가 아니라 너한테 한 말이야."

유키가 태연한 미소를 머금으며 토우야의 맞은편 자리를 권하자, 마사치카는 아리사에게 그대로 넘겨버렸다. 그리고 몇 초 동안 교착 상태가 이어졌다. 그것을 깬 이는 토우야였다.

"쿠제, 자리에 앉지 그래? 점원분이 곤란해하잖아."

고개를 돌려보니 컵이 놓인 쟁반을 든 여성 점원분이 이러지도 저러지도 못하며 서 있었기에, 마사치카는 체념하며 토우야의 맞은편에 앉았다. 그 옆자리에 유키가 자연스럽게 앉았고, 아리사는 토우야의 옆에 앉았다.

"……이제 와서 할 말은 아니지만, 교복 차림으로 방과 후에 이런 곳에 오는 건 교칙 위반 아닌가요?"

"개의치 마. 학생회 일로 하교가 늦어져서, 외식하고 돌아가는 일은 자주 있거든. 사실상 유명무실해진 교칙이지.

됐으니까 주문부터 해. 물론 천 엔 안에서 말이지."

"회장님, 마지막 한 마디 때문에 근사함이 반감됐거든요?"

"훗. 남자다움으로는 지갑이 채워지지 않는다고, 스오우."

토우야의 장난기 섞인 한 마디에 분위기가 누그러졌고, 마사치카도 어깨에서 힘이 빠졌다. 하지만 긴장을 풀기에는 일렀다. 토우야의 말에 따라 1인당 천 엔 이내에서 주문을 마치자, 그들은 마사치카를 화제 삼아 이야기를 나눴다.

"그건 그렇고, 그 짧은 시간에 작업을 마칠 줄은 몰랐어. 나는 내일로 미루는 것도 각오하고 있었거든."

토우야가 그렇게 말하자, 유키가 바로 맞장구를 쳤다.

"마사치카 씨가 힘써준 덕분이에요. 역시 남자가 도와주니 일이 쉬워지네요. 특히 이런 일에 익숙한 사람이라 더 도움이 됐어요."

"그렇겠지."

"마사치카 씨는 대단해요. 힘쓰는 일도, 사무 작업도 군소리 한마디 없이 척척 해내죠. 교섭이나 절충 같은 것도 잘해요."

"이봐, 유키. 너무 띄우지 말라고. 과대평가에도 정도라는 게 있거든?"

"호오. 스오우가 이렇게까지 남을 칭찬하다니, 신기한걸. 쿠제, 학생회에 들어올 생각은 없어? 마침 서무가 한 명도 없는데 말이야."

역시 이렇게 됐나. 마사치카는 옆자리에 있는 유키를 노려본 후, 토우야를 다시 쳐다보며 말했다.

"죄송하지만, 저는 이제 학생회에 들어갈 생각이 없어요. 중학생 때 질렸거든요."

"흠…… 확실히 고등부의 학생회는 중등부보다 업무가 많아서 힘들지만, 그래도 할 가치라면 있지. 우리 학교는 다른 학교에 비해 학생회에 주어진 재량권이 크고, 솔직히 말해 내신 평가 면에서도 크게 도움이 되거든."

토우야의 말은 사실이다. 세이레이 학원 학생회에 있었다는 건, 그 자체만으로도 커다란 경력이 된다.

대학 추천에 유리하게 작용하는 건 물론이며, 학생회 발족의 중심이 되는 회장과 부회장이란 직책은 교내 신분 제도의 틀마저 초월한 절대적 엘리트의 칭호로서 사회에 나가서도 큰 의미를 지닌다.

그것도 그럴 것이 정재계의 거물 중 다수가 속한, 세이레이 학원의 학생회 회장 및 부회장만으로 구성된 모임이 존재할 정도인 것이다.

1년 동안 무사히 학생회를 운영해서 거기에 들어갈 수만 있다면, 사회인으로서의 성공은 약속된 것이나 다름없다.

거꾸로 운영을 잘못해 문제를 일으킨다면 『무능』이라는 딱지가 붙지만, 그래도 그 자리를 노리는 자가 많다. 그리고 차기 회장 및 부회장이 되기 위한 지름길은 바로 학생회 임원으로서 실적을 쌓는 것이다.

"유감이지만 그만한 야심이나 열의는 없어서요. 지금은 다른 대학에 갈 생각도 없고, 잘난 분들과의 파이프 같은 것에도 딱히 매력을 못 느껴요."

하지만 장래 목표도 없이 하루하루를 멍하니 보낼 뿐인 마사치카에게 있어서, 그런 것은 별다른 메리트가 되지 못했다.

"그러지 말고 함께 학생회 활동을 해요. 그리고, 또 같이 출마하지 않겠어요?"

"은근슬쩍 요구를 늘리지 마. 그리고, 내가 없더라도 너라면 차기 회장 당선 확정이잖아? 중등부 학생회장 출신이니까 말이야."

"저는 마사치카 씨와 함께 학생회를 꾸리고 싶어요."

"싫어. 귀찮아."

이 학교 남학생 중 9할 이상이 유키에게 방금 같은 말을 들었다면 무심코 고개를 끄덕였겠지만, 마사치카는 딱 잘라 거절했다. 그런 두 사람을 재미있다는 듯 쳐다보던 토우야가 턱을 매만졌다.

"쿠제, 스오우라면 무조건 학생회장이 될 거라고 생각한다면 그건 착각이야. 그 자리를 노리는 사람이라면 얼마든지 있고, 동생 쿠죠도 있거든."

토우야는 그렇게 말하더니, 옆에 앉아 있는 아리사를 힐끔 쳐다보았다. 마사치카가 덩달아 그쪽을 쳐다보자, 아무 말 없이 그를 쳐다보던 아리사와 시선이 마주쳤다.

"아라, 차기 학생회장 선거에 출마할 생각이야?"

"응. 유키 양과는 내년에 경쟁 상대가 될 것 같아."

아리사는 정면에 앉아있는 유키를 쳐다보았다. 유키는 조용히 미소 지으며 그 시선과 마주했다. 마사치카는 두 사람 사이에서 불꽃이 피어오르는 느낌을 받았다.

그런 분위기를 바꾸려는 듯, 토우야가 아리사에게 말을 건넸다.

"그러고 보니 동생 쿠죠는 쿠제와 같은 반 옆자리 사이였던가? 네가 본 쿠제는 어떤 사람이지?"

하지만, 결과적으로 그것은 불에 기름을 붓는 행위였다.

"으음, 그게…… 솔직히 말해『불성실』그 자체라고 생각해요."

"호오?"

아리사가 차가운 표정으로 딱 잘라서 그렇게 말하자, 토우야는 흥미로워했다.

토우야가 그대로 마사치카를 향해 고개를 돌리자, 그는 예상했다는 듯 어깨를 으쓱했다.

그런 마사치카는 내심「좋았어. 유키가 끌어올린 내 주가를 팍팍 떨어뜨려 달라고」같은 식으로 생각하고 있었다.

"툭하면 교과서를 챙겨오는 걸 깜빡하고, 수업 태도도

좋은 편이라고는 입이 찢어져도 말 못 하죠. 성적도 뒤에서부터 세는 편이 빠를 정도예요."

"마사치카 씨는 의욕이 낮을 때는 꼭 필요한 일만 하니까요. 그래도 낙제점은 하나도 받지 않았아요."

아리사가 마사치카의 주가를 마구 떨어뜨리자, 유키가 그를 옹호하는 발언을 했다. 그 말에 아리사의 눈썹이 움찔거리더니, 그녀의 등 뒤에서 또 불꽃이 치솟아 올랐다.

"……맞아. 나는 옆자리라서 그의 답안을 채점할 때가 많아서 아는데, 쪽지 시험에서도 재시험은 꼭 피해. 그 점에는 감탄한다니깐. 성실하게 공부를 한다면 좋은 점수도 충분히 받을 수 있을 거야."

"마사치카 군은 원래 머리가 참 좋아요. 별 고생 없이 이 세이레이 학원에 합격할 정도죠. 아, 이건 제가 소꿉친구라서 아는 거예요."

"쿠제는 머리가 좋을 뿐만 아니라 운동신경도 나쁘지 않은 편인데, 구기 종목은 별로야. 얼마 전의 체육에서 농구를 할 때도 손가락을 삐끗했어."

"마사치카 씨는 어릴 적부터 공놀이를 좋아하지 않았어요. 뭐, 저도 남 말 할 자격은 없지만 말이에요. 아, 마사치카 씨가 체육 중에서 가장 자신 있어 하는 건 오래달리기일 거예요."

활활활활.

아리사의 등 뒤에서 존재하지 않는 불꽃이 타올랐다. 그 열기 탓인지, 마사치카는 딱히 덥지도 않은데 이마에 땀방울이 맺혔다.

그런 아리사와 정면에서 마주한 유키는 표정이 멀쩡한데 말이다. 참 기묘한 일이다.

"오, 오래 기다리셨습니다~."

바로 그때, 요리를 가져온 점원분이 머뭇거리며 그렇게 말했다.

하필이면 통로 쪽에 앉은 미소녀 두 사람이 범상치 않은 분위기를 자아내고 있자, 점원의 영업 스마일이 딱딱하게 굳었다. 보아하니 아까 쟁반을 들고 서 있었던 그 점원이었다.

안타깝지만, 저 여성은 오늘 참 운수가 사나운 것 같았다.

"아, 요리가 나왔군. 일단 식사부터 할까."

토우야가 그렇게 말하자, 아리사와 유키는 눈싸움을 멈추며 분위기를 누그러뜨렸다.

토우야를 향한 마사치카의 존경심이 더욱 커졌다. 그리고 점원도 토우야에게 호감을 느꼈다. 하지만 토우야는 여친이 있으니 연애 이벤트로 발전할 일은 결코 없다.

◇

패밀리 레스토랑에서 식사를 마치고 밖에 나와 보니, 주위가 어둑어둑해져 있었다.

식사 중에는 분위기가 그렇게 나쁘지 않았다. 이 자리를 마련한 토우야가 기본적으로 이야기를 하고, 커뮤니케이션 능력이 뛰어난 유키가 적절히 이야기를 돌렸으며, 마사치카와 아리사는 들어주는 역할만 했다. 그 덕분에 분위기가 거칠어지는 일은 없었다.

그 대신 식사 중에도 토우야와 유키가 마사치카에게 학생회에 들어오란 권유를 했지만, 그는 한사코 고개를 끄덕이지 않았다.

"""잘 먹었습니다."""

"그래."

계산을 마치고 패밀리 레스토랑에서 나온 토우야는 후배 세 사람이 한목소리로 그렇게 말하자, 천천히 고개를 끄덕였다. 그리고 주차장으로 이동하며 생각에 잠긴 표정을 지었다.

"동생 쿠죠는 걸어가지? 스오우는 전철을 탈 거니까 나와 같이 가면 될 테고, 쿠제는 어때?"

"아, 저도 걸어가요."

"그래. 그럼 쿠제가 동생 쿠죠를 바래다줘. 나는 스오우를 바래다주겠어."

"네."

토우야의 말을 듣고 순순히 고개를 끄덕인 마사치카는 이런 말을 자연스럽게 하는 그의 신사다움에 더욱 존경심을 느꼈다. 바로 그때, 유키가 머뭇거리며 손을 들었다.

"저기, 회장님. 배려는 감사하지만, 저는 차를 불러뒀으니 괜찮아요."

"으음, 그래?"

"네. 차가 올 때까지 여기서 기다리면 되니 신경 쓰지 마세요."

"……그래. 그럼 다음 주에 보자."

그렇게 말하며 역을 향해 걸어가는 토우야를 배웅한 후, 마사치카는 아리사와 시선을 마주했다.

"그럼, 우리도 갈까?"

"딱히 배웅해줄 필요 없어."

"그럴 수도 없잖아. 자, 가자. 먼저 갈게, 유키."

"네, 또 봐요."

"내일 봐, 유키 양."

"네, 아랴 양도 잘 가요."

정중히 고개를 숙이는 유키에게 배웅을 받으며, 마사치카와 아리사는 토우야와는 반대 방향으로 걸음을 옮겼다.

"아랴의 집은 걸어서 얼마나 걸려?"

"얼추 20분 정도야."

"그래. 꽤 걸어야 하네."

"쿠제는?"

"나? 15분 정도일걸? 걷는 속도를 생각하면, 거리는 비슷할지도 모르겠네."

"그렇구나."

그리고, 침묵이 찾아왔다. 두 사람이 이야깃거리를 찾지 못한 채 걸음을 옮기고 있을 때, 길가에 있는 꼬치구이 가게의 문이 열리더니 안에서 회사원으로 보이는 집단이 나왔다.

"하아, 개발 쪽 놈들은 우리 같은 영업 담당을 뭐라고 생각하는 거냐고!"

"부장님, 과음하셨어요."

"이소야마 씨, 목소리 좀 낮추세요. 네?"

얼굴이 벌게진 중년 남성이 큰 소리로 주정을 부렸고, 부하로 보이는 남자 몇 명이 그를 달래고 있었다.

주정뱅이를 본 마사치카는 아리사를 차도 쪽으로 물러서게 한 후, 시선을 피하며 지나치려 했다.

하지만 스쳐 지나치려던 순간, 부장으로 보이는 남자의 눈에 마사치카와 아리사가 들어왔다. 그리고 뭐가 마음에 안 드는 건지 표정을 불쾌하다는 듯 찡그리더니, 큰 소리로 떠들어대기 시작했다.

"뭐야? 이 시간에 불순 이성 교제냐? 요즘 학생들은 놀기만 하네! 학생의 본분은 공부 아냐~?"

"이소야마 씨! 이러시면 안 돼요!"

"자, 그쯤 하세요. 네?"

"시끄러워! 그리고…… 저기 좀 보라고."

주위에 있는 부하들이 말리는데도, 그 남자는 마사치카의 몸에 가려지는 위치에서 걷고 있는 아리사를 뜯어보더니, 흥 하고 코웃음을 쳤다.

"저 머리카락 좀 봐. 부모 면상이 보고 싶네. 어차피 그 부모에 그 자식 같은 꼬락서니겠지만 말이야!"

그 남자가 들으라는 듯 폭언을 토한 순간, 아리사가 우뚝 멈춰 섰다.

"이봐, 아랴."

아리사가 화났다는 것을 눈치챈 마사치카는 귀찮은 일에 휘말리지 않게 그냥 무시하자는 의미에서 그녀를 불렀다. 하지만 걸음을 멈춘 아리사는 소름 돋을 만큼 차가운 눈길로 그 남자를 쳐다보더니, 평소 마사치카에게 잔소리를 할 때와는 비교도 되지 않을 만큼 모멸에 찬 목소리로 말했다.

"못난 어른."

그 목소리는 작았지만, 저 남자와 남자를 말리는 부하들이 시끄럽게 떠드는 와중에도 또렷하게 들렸다. 너무 인정사정없는 한 마디였기에, 남자들은 얼이 나간 것처럼 멈춰 섰다.

하지만 부장이라 불렸던 남자는 곧 분노에 찬 표정을 짓더니, 말리는 부하들을 뿌리치며 거친 발걸음으로 아리사에게 다가갔다.

아리사 또한 그 남자를 향해 돌아서며 한 걸음도 물러서지 않았지만…… 그 전에, 마사치카가 슬며시 끼어들었다.

그리고 분노를 드러내며 다가오는 남자를 향해, 이 장소에 어울리지 않을 만큼 부드러운 미소를 지었다.

"오래간만입니다, 이소야마 부장님. 형의 결혼식 때 인사를 드린 후로 처음 뵙는 거던가요?"

"아, 어, 으음?"

갑작스러운 정중한 인사에, 남자는 허를 찔린 것처럼 멈춰 섰다. 예상 밖의 사태에 술이 약간 깬 것인지, 당황한 표정으로 마사치카의 얼굴을 들여다봤다.

"건강해 보이셔서 다행이에요. 형한테서 자기 회사의 중요한 거래처 부장님이라는 이야기를 들었던 걸 아직도 기억합니다."

"아, 아아, 음."

고개를 끄덕이면서도, 그 남자의 얼굴에는「어? 누구지?」라는 당혹감이 확연히 묻어났다.

하지만 마사치카가 입에 담은「거래처」란 말에, 그의 얼굴에는 서서히 초조함이 묻어나기 시작했다.

그 남자의 부하와 아리사도 상황 파악이 안 되어서 당혹스러워하는 가운데, 마사치카는 온화한 미소를 머금은 채 말을 이어갔다.

"그건 그렇고…… 형의 결혼식 때도 과음을 하시던데, 정말 술을 좋아하시나 보군요."

"아아, 음. 내 삶의 낙이라고 하면 주말 술자리라서 말이지. 하하하."

"그런가요. 아, 이쪽은 제 피앙세입니다."

마사치카는 예상에서 한참 벗어나는 전개에 놀라 눈을 동그랗게 뜨며 자신을 쳐다보는 아리사의 어깨에 손을 얹더니, 자랑스레 웃었다.

"참 똑똑한 사람이죠. 저한테는 과분한 여성이에요."

"그, 그런가. 그래, 확실히 두뇌가 명석해 보이는 아이군."

미간에 당혹감이 어려 있는 그는 억지로 미소를 지으며 아까와 정반대되는 평가를 입에 담았다.

그러자 마사치카는 온화한 미소를 그대로 둔 채로 눈에 차가운 빛을 머금더니, 목소리 톤을 약간 낮췄다.

"그런가요? 사실 그녀의 어머니는 외국 분이랍니다. 머리카락도 어머니께 물려받은 거죠. 어떤가요? 참 예쁘지 않나요?"

"그, 그랬나……."

외국인의 피가 진하게 묻어나는 아리사의 얼굴을 가까이

에서 본 남자는 그 말이 사실이란 것을 눈치챈 것 같았다.

술이 완전히 깬 건지 거북한 표정을 머금고 있던 그는 아리사를 향해 고개를 약간 숙였다.

"저기…… 아까는 미안했네. 아무리 술에 취했다고는 해도, 아까 실례되는 소리를 한 걸 사과하지."

그 모습을 본 마사치카는 날카로운 시선을 지우더니, 조용히 말했다.

"사과를 받아들이겠습니다. 너도, 이제 됐지?"

"……."

어깨 너머로 아리사를 쳐다보니, 그녀는 상대방을 노려보며 아무 말도 하지 않았다.

하지만 마사치카는 이해했다는 듯 고개를 끄덕인 후, 아리사의 표정을 숨기듯 그녀의 어깨에 손을 얹으며 걸음을 재촉했다.

"그럼, 저희는 이만 가보겠습니다."

마사치카는 아리사를 데리고 그 자리를 벗어났다. 그리고 아무 말 없이 남자들의 모습이 보이지 않는 곳까지 이동한 후, 마사치카는 아리사의 어깨에서 손을 떼며 한숨을 내쉬었다.

"무모한 짓 좀 하지 마. 주정뱅이한테 그런 소리를 하면, 발끈할 거라는 것 정도는 너도 알잖아?"

"……부모님이 모욕을 당했잖아. 상대가 주정뱅이라도

절대 용서 못 해."

"그래도 너무 무모했어. 상대가 주먹이라도 휘두르면 어쩔 건데?"

"이래 봬도 호신술을 다소 익히긴 했어. 주정뱅이한테 당할 만큼 무르진 않아."

아리사는 아직 분노가 풀리지 않은 건지, 무리해서 억누르고 있는 듯한 가라앉은 목소리로 그렇게 말했다. 그 심정이 이해는 되기에, 마사치카도 「과연 그렇게 됐을까」 하고 중얼거리며 머리를 긁적였다.

"……뭐, 그 아저씨도 자기가 잘못했다는 걸 인정했잖아. 이쯤에서 화 풀라고."

"……알았어."

아리사는 긴 한숨을 내쉰 후, 평정을 되찾은 표정을 지었다.

"그건 그렇고, 아까 그 사람과 아는 사이야?"

"응? 생판 남인데?"

"……뭐?"

아리사가 얼이 나간 반응을 보이자, 마사치카는 실없이 웃으며 말했다.

"이야, 깜짝 놀랐어. 아까 같은 마주한 상황에서도 나야나 사기가 먹히네."

"뭐, 뭐어?! 어, 그럼 진짜로 모르는 사람이야? 그럼 형의 결혼식 어쩌고는 뭔데?"

"저는 형님이 없는데요?"

"뭐, 뭐어……."

"이야, 상대가 술에 취한 덕분이겠지만, 나도 이렇게 제대로 통할 줄은 몰랐어. 심장이 엄청나게 벌렁거렸다니깐. 하하하. 이야~, 성공해서 다행이야."

마사치카가 시치미 떼는 듯한 웃음을 흘리자, 아리사는 골치가 아픈 표정을 지었다.

"……왜 그런 짓을 한 거야?"

"응? 뭐~ 그게~, 알코올과 혈류가 꽤나 얼굴까지 치솟은 것 같았거든. 일 이야기를 꺼내서 좀 진정시킬 생각이었을 뿐이야. 그리고, 뭐……."

"뭔데?"

마사치카는 미심쩍다는 듯 쳐다보는 아리사를 힐끔 쳐다본 후, 어깨를 으쓱했다.

"……나도 그 아저씨의 폭언에 열 좀 받았거든. 살짝 겁주고 싶었어. 결과적으로 일을 험악하게 만들지 않고 사과를 받아내서 다행이야."

"하아…… 용케 그 상황에서 반사적으로 새빨간 거짓말을 늘어놨네. 너, 사기에 재능이 있는 거 아냐?"

"너무하네. 이 순진무구한 마사치카 씨한테 그런 망발을 하지 말라고."

"……그래."

"그만해. 허무에 찬 눈길로 대충 흘려 넘기지 마. 그게 마음에 대미지를 더 심하게 받는다고."

아리사는 한심스러운 표정을 지은 마사치카를 향해 코웃음을 친 후, 다시 걸음을 옮겼다. 마사치카가 그런 아리사를 빠른 걸음으로 따라잡았을 때, 그녀는 앞을 바라보며 작은 목소리로 중얼거렸다.

"……고마워."

"응."

마사치카도 앞을 바라보며 대답했다. 그 후로 두 사람은 대화를 나누지 않았다. 아무 말 없이 걸음을 옮기던 두 사람은 아리사가 사는 맨션 앞에서 멈춰 섰다.

"여기야?"

"응. 배웅해줘서 고마워."

"그래."

입구 앞에서 아리사와 마주 선 마사치카는 머리를 긁적이면서 마지막으로 주의를 줬다.

"오늘 같은 일은 흔치 않겠지만, 그래도 혼자 있을 때는 제발 무시해. 무슨 일 터진 후에 후회해도 늦어."

"뭐야. 걱정해주는 거야?"

"그래. 걱정하는 거야. 너는 커뮤니케이션 쪽으로 서투른 구석이 있거든."

아리사가 놀리는 투로 그렇게 말하며 웃자, 마사치카는 진지한 눈빛을 띠며 대답했다.

그 진지한 대답을 듣고 약간 놀란 아리사는 잠시 눈을 깜빡거린 후, 작은 목소리로 「그래」 하고 중얼거렸다.

그리고, 맨션 입구를 향해 돌아섰다.

"……알았어. 조금은 조심하도록 할게."

"응. 그렇게 해."

"……."

그대로 몇 걸음 걸어간 아리사는 자동문 앞에서 멈춰 섰다. 그리고 마사치카에게 돌아보지 않으며 말을 건넸다.

"저기, 쿠제."

"응?"

"진짜로, 학생회에 들어올 생각은 없어?"

"이봐, 너까지 무슨 소리를 하는 거야?"

"대답해."

농담 같은 것으로 얼버무리는 것을 용납하지 않는 그 단호한 어조에, 마사치카는 입가에서 웃음기를 지웠다. 그리고 괜히 희망을 남기지 않도록, 단호한 어조로 대답했다.

"그래. 나는 학생회에 들어갈 생각 없어."

"……만약—."

하지만, 아리사는 물러나지 않았다. 그 목소리에 약간의 절박함을 실으며, 말을 이어갔다.

"만약, 내가—."

하지만 말은 거기서 끊겼다. 몇 초 동안 침묵이 흐른 후, 아리사는「아냐」하고 말했다.

"아무것도 아냐. 조심해서 돌아가."

"응, 내일 보자."

그리고 그대로 맨션 안으로 들어갔다. 그런 그녀의 등을 쳐다보며 배웅한 후, 마사치카도 뒤돌아섰다. 밤하늘을 올려다본 그는 자조 섞인 미소를 지으며 혼잣말을 했다.

"……아랴 양, 유키 양. 저한테, 무엇을 기대하는 것이옵니까~?"

마사치카는 아리사가 무슨 말을 하려다 만 것인지 어렴풋이 눈치챘다. 그러면서도, 눈치 못 챈 척했다.

"내가 할 수 있는 건, 없어."

그렇게 자조적으로 말한 후, 마사치카는 쌀쌀한 느낌을 받으며 집으로 향했다.

◇

"다녀왔습니다~."

아리사를 바래다준 후에 자택인 맨션으로 돌아온 마사치카는 현관에 놓인 신발을 보고 눈썹을 찌푸렸다.

이 맨션에는 마사치카와 그의 아버지만 살고 있으며, 외교관인 아버지는 현재 일 때문에 해외에 나가 있다.

하지만 현재 현관에는 마사치카의 것도, 아버지의 것도 아닌 구두 한 켤레가 놓여 있었다.

(집에 돌아간 거 아니었냐고…….)

마사치카는 눈썹을 찌푸리며 거실로 향했다. 그리고 거실로 이어지는 문을 열자, 그곳에는 긴소매 셔츠와 스웨트팬츠라는 편안한 복장에 머리카락을 포니테일 스타일로 묶은 유키가 자기 집인 양 의자에 앉아서 텔레비전으로 애니메이션을 보고 있었다.

“아, 어서 와~. 아랴 양은 잘 바래다주고 왔어?”

“아니, 왜 여기 있는 거야?”

“응? 그야 오늘은 이 집에서 잘 거거든.”

“처음 듣는 소리거든?”

“그야 말 안 했는걸.”

유키는 텔레비전에서 눈을 떼지 않으면서, 하나도 미안하지 않다는 투로 대꾸했다.

그 모습도, 태도도, 학교에서 보여주는 완벽한 상류층 아가씨다운 느낌과 동떨어져 있었다. 처음 본다면 비슷하게 생긴 타인으로 착각할 정도로 명백하게 달랐다.

바로 그때, 유키가 보던 애니메이션이 끝나면서 광고가 나왔다.

그것은 어느 유명한 다크 판타지 만화를 실사화한 영화

의 광고였다. 유키는 그 광고를 손가락으로 가리키며 느긋하게 말했다.

"아, 내일은 저걸 보러 가자."

"흐음~."

"너도 같이 가는 거야."

"아니, 처음 듣는 소리거든~?"

"그야 말 안 했는걸~."

뻔뻔하게 구는 유키를 보며 한숨을 내쉰 마사치카는 그 광고를 힐끔 쳐다보았다.

"그런데, 너는 이런 실사화 영화 반대파 아니었어?"

"입 다물어!"

마사치카가 별생각 없이 그렇게 말하자, 손바닥을 쑥 내밀며 그렇게 외친 유키는 속사포처럼 말을 쏟아냈다.

"알아. 캐스팅 시점에서 십중팔구 지뢰라는 건 예상했어! 솔직히 말해 PV에서도 망작이라는 느낌이 풀풀 나! 하지만 실제로 보지도 않고 비난해선 안 된다고 생각해. 어쩌면 지뢰가 아닐지도 몰라. 어쩌면 지뢰 아래에 금이 묻혀 있을지도 몰라! 알아. 나처럼 생각하는 애들이 돈을 써주니까, 이런 쓰레기 실사화 작품이 계속 나오는 거라는 건 안단 말이야. 나, 전부 알고 있거든?!"

"이봐, 텐션. 텐션이 왜 그 모양인 거야? 마치 절대 알아선 안 되는 비밀을 알고 말았다는 걸 고백하는 텐션이잖아~."

"나, 알아! 나와 오빠가 실은 피가 이어지지 않았다는 걸, 나는 알고 있단 말이야! ……어, 내가 지금 무슨 소리를 하는 기고~. 우리는 억척스럽게 피가 이어진 남매다 아이가~."

"억척스럽게 피가 이어져 있다는 건 또 무슨 소리야?"

"아니, 그게…… 그런 거 있잖아? 남매인 줄 알았는데 실은 사촌이었습니다~ 같은 거. 그러면 일단은 피가 이어져 있다고 할 수 있지 않아?"

"아하~. 맞아. 남매가 아니라 사촌이라 세이프~인 경우도 있지."

"그래. 진짜 뭘 모른다니깐."

"뭘?"

마사치카가 고개를 갸웃거리자, 유키는 눈을 부릅뜨며 힘찬 목소리로 외쳤다.

"멍청한 자식들!! 친남매라서 좋은 거라고~!!"

"뭐가 말이야?!"

스오우 유키. 학교에서는 소꿉친구라는 설정으로 우기고 있지만, 실은 마사치카의 오타쿠 친구이자…… 부모님이 이혼하면서 어머니를 따라간, 마사치카의 친여동생이다.

제 6 화 죽을상이라는 걸 처음 봤습니다

할아버지 집 근처에 있는 공원. 초등학교에서 집으로 돌아가던 나는 평소처럼 그곳을 향해 뛰어갔다.

공원 입구에서 안쪽을 보니, 구멍이 숭숭 뚫린 돔 형태의 놀이기구 위에 앉아 있는 그녀가 보였다.

【이봐~, ———!】

그녀의 이름을 부르며 뛰어가자, 그녀도 나를 돌아보며 환한 표정으로 손을 흔들었다.

【마사아치카!】

【그러니까, 마사치카라고.】

평소처럼 쓴웃음을 머금으며 지적해줬지만, 그녀는 개의치 않으며 즐겁게 웃었다. 그 미소를 보며, 나도 「뭐, 됐어」 하고 생각했다.

【마사아치카도 올라와!】

【뭐~?】

【빨리빨리~!】

【어쩔 수 없네.】

돔 형태의 놀이기구에는 측면에 사다리가 달려 있었으

며, 나는 가방을 내려놓은 후, 조그마한 손발로 열심히 올라갔다.

【자~, 도착~.】

돔의 꼭대기까지 올라가자, 그녀는 웃으며 나를 맞이해줬다. 저녁노을을 받아 빛나는 금색 머리카락. 나를 향해 기쁜 듯 웃고 있는 푸른 눈동자를, 지금도 기억한다.

【저기 좀 봐! 석양이 참 예뻐!】

【정말이네. 아름다워.】

우리는 둘이서 석양을 나란히 바라보며 별것 아닌 이야기를 나눴다. 아니, 정확히는 내가 일방적으로 말을 늘어놨다고 생각한다.

【그 세이레이 학원은 엄마와 아빠의 모교래. 엄청나게 들어가기 어려운 학교지만, 내 성적이면 식은 죽 먹기라네.】

【대단해. 마사아치카는 정말 못 하는 게 없구나!】

【헤헤, 그렇지도 않아.】

남자애답게 자랑을 늘어놔도, 그녀는 눈살 한번 찌푸리지 않으며 칭찬해줬다. 나는 그녀의 미소를 좋아했다.

그녀에게 칭찬을 받는 게 기뻐서, 그 어떤 노력도 힘들게 느껴지지 않았다.

공부도, 운동도, 음악도, 그녀를 위해서라면 뭐든 열심히 했다.

【아, 이제 돌아가 봐야 해…….】

해가 지면, 헤어진다. 그것이 우리의 룰이었다.

【그럼 내일 봐. 마사아치카.】

【응, 내일 보자. ────.】

헤어질 때, 나를 꽉 안아준 그녀는 가볍게 볼 키스를 해줬다.

나는 부끄러워서 그녀에게 볼 키스는 해주지 못했지만, 실은 정말 기뻤다. 몸을 뗀 그녀가 기쁜 듯 웃으며—.

“두웅~!”

“으그윽?!”

갑자기 복부와 가슴에 엄청난 충격이 가해지자, 나는 강제적으로 잠에서 깨어났다.

“커억! 쿨럭, 쿨럭.”

“굿 모~닝. 마이 브라더~.”

“으윽…… 방금, 너 때문에 굿하지 않게 됐다고!”

어찌어찌 호흡을 고른 후, 나는 내 몸 위에서 히죽히죽 웃고 있는 유키를 노려보았다. 그러자 유키는 한쪽 눈을 치켜뜨며 뜻밖이라는 표정을 지었다.

“이봐, 왜 화내는 거야? 이 세상 모든 남자 고등학생이 동경하는, 귀여운 여동생의 아침 기상 보디 프레스잖아. 좀 기뻐하는 게 어때?”

“아침 기상 몰카 같은 소리 말라고. 이건 DV야.”

사랑하는 여신
“Dear Venus? 정말~, 오빠는 시 · 스 · 콤♡”

"도메스틱 바이얼런스야! 너한테 좋을 대로 해석하지 마!"

"부우…… 뭐가 그렇게 마음에 안 드는데?"

"전부 다야. 전부 마음에 안 들어."

내가 그렇게 말하자, 미간을 찌푸리며 잠시 생각에 잠긴 유키는 갑자기 「아하」 하고 말하는 표정을 지으며 손가락을 튕겼다.

"알겠다. 아침 기상 보디 프레스가 아니라 아침에 눈 떠 보니 옆에서 자고 있었다~를 선호하는구나."

"현실에서 그런 일 일어나면 꽤 호러스럽거든?"

"뭐? 그럼…… 설마 침대 아래에 숨어 있는 걸 바라는 거야? 마니악하네~."

"그건 호러 그 자체라고!"

"어쩔 수 없네~. 그럼 다음에는 침대 아래에 숨어 있다가, 침대에서 내려온 순간에 발을 확 움켜잡아줄게."

"너는 대체 뭘 추구하는 건데……."

"아침 기상 호러를 추구하는 여동생은 꽤 참신한 것 같지 않아?"

"너무 참신해서 어울려줄 수가 없다고……. 그것보다, 이제 그만 비켜."

아직도 내 몸 위에 앉아서 발을 흔들고 있는 유키를 향해 그렇게 말하자, 그녀는 씨익 웃으며 고개를 갸웃거렸다.

"왜? 중요 부위가 설 것 같아?"

"죽어."

아침부터 성희롱 발언을 날리는 여동생을 향해 절대영도의 시선을 보내주자, 유키는 깔깔 웃으면서 몸을 일으킨 후에 방에서 나갔다.

"하아, 정말……."

그제야 몸을 일으킨 나는 침대에 걸터앉았다.

"……."

그리운, 꿈을 꿨다. 첫사랑의 기억. 내가, 이제까지의 인생에서 가장 눈부시게 빛났던 시절의 추억. 그 공원에서 그녀와 만나고, 실컷 놀았다. 그녀와 이야기를 나누고 싶어서, 열심히 러시아어를 공부했다.

부모님의 사이가 좋지 않더라도, 혼자만 할아버지의 집에 맡겨져도, 그녀가 있어서 쓸쓸하지 않았다.

그렇다. 나는 틀림없이 그 애를 좋아했다. 하지만…… 이제는 얼굴도, 이름도, 제대로 기억하지 못했다.

"……쳇."

역시, 나는 엄마의 아들이다. 한때는 진심으로 좋아했던 상대를, 간단히 잊고 마는 매정한 인간이다.

가슴속에, 차가운 무언가가 차곡차곡 쌓여갔다. 그 시절에 불타올랐던 사랑과 열의는, 그 아래에 깔려서 이제는 보이지 않았다.

의욕을 잃게 된 원인은 존재한다. 남 탓으로 치부할 수 있다. 하지만, 그 어떤 변명을 하며 남 탓으로 떠넘기더라도, 최종적으로는 자기가 귀찮은 것을 싫어하고 나태한 쓰레기라는 결론에 도달한다.

노력을 동경하면서도 노력 자체를 꺼리며, 자기가 쓰레기란 것을 자각하고 있다. 그러니 자각 못 한 쓰레기보다 낫다는 저급한 자기만족으로 자기 마음을 위로하는 쓰레기. 그게 바로 나다.

"이런 녀석이…… 학생회에 어울릴 리가 없잖아?"

하물며 학생회 부회장 같은 건 당치도 않다. 유키의 부탁을 거절하지 못해서 파트너가 된 바람에, 중등부 학생회 부회장이 **되어버렸기 때문**에 안다. 그 지위는 정열과 각오가 없는 이가 차지해선 안 되는 것이다.

유키의 당선이 결정됐을 때, 강당 뒤편에서 눈이 팅팅 부을 정도로 울고 있는 다른 후보자를 봤다.

부모님의 기대를 저버리고 말았다. 어떤 얼굴로 집에 돌아가면 될지 모르겠다.

오열 섞인 목소리로 친구에게 그렇게 말한 그녀는 한때 함께 학생회 임원으로 활동한 동료였다.

유키 앞에서는 의연한 척을 하며 서로의 건투를 칭찬했던 그녀의 그런 모습을 보고, 나는 엄청난 충격과 죄책감을 느꼈다.

부모님의 기대를 짊어진 것은 유키도 마찬가지다. 하지

만, 나는? 유키에 대한 가족애와 미안함만을 이유로, 부회장이 되고 만 나는? 과연 나에게, 그녀를 짓밟을 권리가 있을까?

그 후로 1년 동안, 나는 그 마음을 씻어내기 위해 학생회 업무에 전력을 다해 임했다.

하지만, 내 안에 존재하는 죄책감은 결국 사라지지 않았다.

그런 마음은, 두 번 다시—.

"빼엉! 야, 또 퍼질러 자는 거…… 어라? 일어났네?"

"인마……. 방문 좀 걷어차서 열지 마. 네가 같은 곳을 계속 걷어차니까 찌그러졌잖아."

나는 심각한 분위기를 깨부수며 방에 들어온 유키에게 부질없다는 걸 알면서도 그렇게 말했다.

실제로 내 방의 문은 손잡이 아랫부분이 살짝 찌그러져 있으며, 거기만 다른 곳보다 반들반들했다. 유키는 그곳을 힐끔 쳐다보더니, 만족스럽다는 듯 웃었다.

"몇 년 후에는 깔끔하게 구멍이 날 것 같네."

"빗방울로 바위 뚫기 스타일 수행법 좀 관둬. 네가 무슨 무술가냐."

"동서고금에 문을 걷어찬 히로인은 많지만, 몇 년에 걸쳐 문에 구멍을 낸 히로인은 내가 처음일 거야."

"애초에 현실에는 문을 걷어차서 부수는 여자가 흔치 않을 거라고."

유키 또한 문을 걷어차서 여는 건 아니다.

문손잡이를 돌려서 연 후, 일부러 발로 걷어차서 여는 것이다. 왜 그런 짓을 하는 건지는 의문이지만 말이다.

"자, 빨리빨리 일어나~. 귀여운 여동생이 아침밥을 만들어놨어~."

"알았다, 알았어."

어이없어하며 거실에 가보니, 거기에는 아침 식사가 준비되어 있었다. 하지만…….

"……."

"응? 오라버니, 왜 그래?"

"……이게 뭐야?"

한가운데의 접시에는 부분적으로 층을 이루고 있는 반고형질 상태의 달걀 요리가 수북이 쌓여 있었다. 내가 그것을 손가락으로 가리키며 묻자, 유키는 눈을 깜빡이며 태연한 표정으로 대답했다.

"응? 스크램블 에그야."

"그냥 실패한 달걀말이라고 말해."

"……오빠가 무슨 소리를 하는 건지 모르겠네."

티 나게 고개를 돌린 유키의 뒤통수를, 나는 도끼눈으로 노려보았다.

참고로 맛 자체는 나쁘지 않았다. 케첩을 뿌리니 동서양의 컬래버레이션 같은 느낌의 말로 형용 못 할 맛이 되긴 했지만 말이다.

◇

예정대로 영화를 본 마사치카와 유키는 출구로 향하는 인파에 섞여서 영화관을 나섰다. 대형 상업 시설 최상층에 있는 영화관을 나선 후, 그대로 아래층으로 이어지는 에스컬레이터를 탔다.

"으음~~."

바로 그때, 유키는 기지개를 켠 후에 맥 빠지는 목소리로 말했다.

"이야…… 화끈하게 폭망했네."

"딱 잘라서 말하네."

"예상을 능가하는 지뢰였어~. 역시 스포트라이트를 받고 사는 아이돌이 다크한 세계관의 판타지를 맡는 건 무리이긴 해~. 끝까지 코스프레한 느낌이었잖아. 봐줄 만한 전투 신에 시간을 할애하면서 거기에 이르기까지의 내용이 완전히 날림이었어. 원작을 안 본 사람은 전혀 신경 안 쓰더라니깐~."

"그건 그래. 그래도 액션 자체에는 꽤 신경을 써서 괜찮았어."

마사치카는 환하게 웃으면서 혹독한 평가를 내리는 유키

를 향해 쓴웃음을 지으며 맞장구를 쳤다. 점심을 먹기에는 조금 이르기에, 상업 시설을 대충 돌아다니며 영화 감상을 이야기했다.

"아, 이 옷 귀엽네. 여름에 입을 새 원피스를 장만하고 싶긴 해~. 그래도 나중에 애니메이트에 가서 지갑 탕진할 예정인데……."

"어, 1만 5천 엔…… 비싸!"

"오빠도 좀 패션에 신경 써~. 돈이라면 있잖아?"

"나는 너처럼 용돈을 많이 받진 않는다고~."

"그만큼 지출이 적잖아. 나처럼 오타쿠 라이프에 돈을 쏟아붓지도 않는걸."

유키의 말은 사실이다. 마사치카는 유키처럼 굿즈를 모으지 않고, 직접 만화나 라이트노벨을 사는 일도 거의 없다.

스오우 가에는 중증 오타쿠란 사실을 숨기고 있는 유키가 자기가 산 오타쿠 굿즈를 전부 쿠제 가에 가져다 두기 때문이다.

마사치카는 관심이 가는 만화나 라이트노벨을 빌려보면 되기에, 직접 살 필요가 없다.

애초에 마사치카가 오타쿠의 길에 들어선 것 자체가 유키의 열렬한 포교 때문이었다.

"그 옷, 작년에도 입었던 거지? 슬슬 새 옷 좀 사."

"아니, 그러는 네가 지금 입은 옷도 원래 나한테 물려받은 거잖아."

현재 유키는 긴소매 옷 위에 헐렁한 셔츠와 청바지를 걸친 보이시한 옷차림을 하고 있었다.

그리고 저 셔츠와 청바지는 원래 마사치카가 입던 것이다.

"이 옷차림도 나름 세련되니까 괜찮아. 청바지는 입으면 입을수록 매력이 살아나거든."

"흐음, 그렇구나…… 그것보다 동생아."

"왜? 오빠님아."

"……아까부터 은색의 뭔가가 언뜻언뜻 눈에 들어오는 것 같은데, 내 기분 탓일까?"

"아마 기분 탓이 아닐 거야, 마이 브라더."

"그렇지? 너도 어느새 포니테일을 풀었잖아. 행동거지도 상류층 아가씨 모드네."

마사치카가 방금 말한 대로, 포니테일 스타일로 묶고 있던 머리카락을 푼 유키는 말투를 유지한 채로 기품 있는 몸가짐을 선보이고 있었다.

"훗, 나는 오라버니보다 먼저 눈치챘지."

"진짜냐. 언제부터?"

"이 층에 도착하자마자?"

"그때부터였던 거냐……. 용케도 눈치챘네."

"훗…… 나는 지인의 시선을 바로 감지하는 초감각(하이퍼 센스)(超感覺)을 지녔거든……."

"맙소사…… 그런 말 하면 부끄럽지 않아?"

"훗…… 무지막지하게 부끄러워."

"당당한 표정으로 그런 소리 늘어놓지 말라고."

남매가 이런 식으로 콩트를 하는 사이에도, 대각선 뒤편에서 엄청난 시선이 느껴졌다. 가게 앞에 설치되어 있는 유리를 보니, 기둥 뒤편에 몸을 반쯤 숨긴 엄청 낯익은 은발 소녀의 모습이 확연하게 보였다.

게다가, 기분 탓인지는 몰라도 등 뒤에 고오오오오…… 하는 효과음이 달린 것 같았다.

(자, 어떻게 한다?)

먼저 말을 거는 편이 좋을까, 아니면 상대방이 말을 걸어올 때까지 기다려야 할까. 아니면 따돌리는 편이 나을까. 정답을 찾기 위해 궁리 중인 마사치카의 옆에서…….

"어머, 아랴 양?"

유키가 천천히 뒤를 돌아보더니, 방금 상대방을 발견한 듯한 투로 그렇게 말했다.

(동생아아아아아—!!)

유키가 정면 돌파를 선택하자, 마사치카는 마음속으로 절규를 토했다. 하지만, 이미 주사위는 던져졌다. 체념하며 뒤돌아선 그는 짐짓 놀란 표정을 지었다.

"어라? 아랴잖아. 이런 데서 다 보네."

마사치카는 연기에 자신이 없지만, 아리사는 그런 걸 신경 쓸 겨를이 없었다.

손에 쥔 스마트폰을 이유도 없이 만지작거리던 아리사는 시선을 사방팔방으로 돌리면서 다가오더니, 동요한 기색이 묻어나는 어조로 말했다.

"응, 이런 데서 만날 줄은 몰랐어. 저기…… 실은 좀 전에 두 사람을 발견했는데, 말 걸 타이밍을 못 찾아서……."

남매는「좀 전 정도가 아니잖아……」하고 마음속으로 동시에 말했지만, 겉으로 드러내지는 않았다.

그런 와중에 마사치카는 연기가 어설퍼지는 것을 피하지 못했지만, 완전히 상류층 아가씨 모드가 된 유키는 태연한 표정으로「그랬군요」하며 고개를 끄덕였다.

"아랴 양은 무슨 일로 여기에 온 건가요?"

"그게…… 옷을 살까 해서……."

"그랬군요. 점심은 드셨나요?"

"아니, 아직이야."

"그럼 같이 식사하지 않겠어요? 마침―."

"잠깐만 있어봐."

두고 볼 수 없었던 마사치카는 유키의 말을 끊었다. 그리고, 새침한 표정을 짓고 있는 유키를 향해 인상을 쓰며 물었다.

"너, 설마 아랴를 그 가게에 데려갈 생각이냐?"

"안 되나요? 마사치카 씨도 그 가게에 가고 싶어 했잖아요?"

"당연히 안 되지. 아랴와 함께 갈 거면 다른 가게에 가자고."

"뭐야? 무슨 문제라도 있어?"

아리사는 자기를 무시한 채 영문 모를 대화를 나누는 두 사람을 향해 그렇게 말했다.

"아랴 양, 매운 걸 싫어하나요?"

"매운 것? 아, 싫어하진 않는데……."

"저희가 가려는 곳은 매운 라멘을 파는 가게예요. 혹시 아랴 양이 매운 걸 꺼리지 않는다면—."

"두루뭉술 넘어가지 말고 제대로 설명해. 아랴, 솔직하게 말해줄게. 그냥 매운 정도가 아니라 무지막지하게 매운 라멘을 파는 가게야. 나도 가본 적이 없지만, 매운맛 마니아가 아닌 사람한테는 별로인 가게가 틀림없어. 그러니까—."

"갈래."

마사치카는 어떻게든 설득을 해보려 했지만, 아랴는 그의 말을 끊으며 단호한 어조로 말했다.

그 진지한 표정을 보고 「다 틀렸네」 하고 생각하면서도, 마사치카는 끝까지 말을 이어갔다.

"솔직히 말해, 관두는 편이 나을걸? 다른 가게도 있으니까, 그냥……."

"가고 싶어 했던 가게라며? 그럼 가자. 나 때문에 너희가 예정을 바꾸면 미안할 것 같아."

"아니, 무리해가며 따라올 것까지는……."

"어머? 내가 방해되는 거야?"

"그런 게 아니라…… 너, 매운 걸 잘 먹었어?"

"딱히 싫어하진 않아."

마음속으로 「진짜냐~?」 하고 생각하면서도, 마사치카는 거짓말이라고 단정 지을 수 없다.

마사치카가 알기로, 아리사는 달콤한 것을 좋아한다. 본인에게 들은 건 아니지만, 이제까지의 언동에서 그 편린이 보였다.

그렇다고 매운 것을 싫어하는지는 알 수 없다. 애초에 아리사가 매운 것을 먹는 모습을 본 적이 없다.

(뭐, 본인이 괜찮다잖아. 그리고 맵지 않은 메뉴가 있을지도 모르니까…….)

생각을 바꾼 마사치카는 일말의 불안을 느끼면서도 그 가게로 향했다.

◇

"……여기야?"

"네."

대형 상업 시설에서 나가 잠시 걸어간 곳에 있는 좁은 길가의 라멘 가게를 올려다본 순간, 아리사의 표정이 굳어졌다.

마사치카는 그럴 줄 알았다는 듯 고개를 끄덕였지만, 유키는 멋진 미소를 머금고 있었다.

"가게의 이름이『지옥의 가마솥』…… 여기, 라멘 가게 맞지?"

"네, 그래요."

"이름에 지옥이 들어가 있는데……?"

"메뉴명에도 들어가 있으니 안심하세요."

"……그렇구나."

아무리 생각해도 안심할 요소가 하나도 없지만, 강렬한 충격 탓에 감각이 약간 마비된 아리사는 입가를 굳히며 고개를 끄덕였다.

"……역시 관둘래?"

하지만 마사치카가 배려 삼아 그렇게 말한 순간, 결의에 찬 표정을 지은 아리사가 그를 노려보았다.

"말도 안 되는 소리 하지 마. 좀 특이한 가게라서 놀랐을 뿐이야."

"흐음, 그렇구나……."

지기 싫어하는 면이 드러난 아리사를 본 마사치카는「무슨 말을 해봤자 소용없겠네」하고 생각하며 체념한 후, 유키의 뒤를 따르며 가게 안으로 들어갔다.

"어서 오십쇼~!"

그 순간, 점원의 힘찬 목소리와 함께 자극적인 향기가 눈과 코를 덮쳤다. 마사치카의 등 뒤에서「윽?!」하는 신음이 희미하게 들려왔다.

"몇 분이십니까~?"

"세 명이에요."

"네~, 카운터석으로 안내하겠습니다~."

점원의 안내에 따라, 세 사람은 카운터석에 나란히 앉았다.

마사치카가 오른편에 있는 아리사를 힐끔 쳐다보니, 그녀는 눈물을 약간 글썽이며 코를 손으로 막고 있었다.

매운 음식 가게 순례가 취미인 마사치카와 유키는 익숙하지만, 초보자인 아리사는 이 자극적인 향기 때문에 힘든 것 같았다.

"……괜찮아?"

"뭐가?"

아리사는 억눌린 목소리로 센 척을 했다. 눈을 꾹 감으며 눈물을 참더니, 태연한 척 메뉴를 향해 손을 뻗었고…… 그것을 펼쳐본 순간, 그대로 굳어버렸다.

"……저기 말이야."

"응?"

"메뉴를 봐도, 뭐가 뭔지 모르겠어."

"……그럴 거야."

마사치카는 굳어버린 아리사를 미묘한 표정으로 쳐다보며 고개를 끄덕였다. 무리도 아니었다.

왜냐하면, 메뉴에는 『피웅덩이 지옥』, 『바늘산 지옥』처럼 요리명으로 보이지 않는 흉흉한 이름이 줄지어 있었다.

바로 그때, 고무 밴드로 머리카락을 묶은 유키가 우쭐대는 표정으로 해설을 시작했다.

“『피웅덩이 지옥』은 말 그대로 피처럼 새빨간 국물이 특징인 라멘이며, 매운 정도도 가장 낮아요. 다음이 『바늘산 지옥』이죠. 이것도 이름처럼 혀가 무수한 바늘에 찔리는 것처럼 맵다고 해요.”

“그, 그렇구나. ……그럼…….”

유키의 해설을 듣고 볼에 경련이 일어난 아리사는 메뉴 가장 아래편에 흉흉한 서체로 적힌 요리명을 쳐다보았다.

“이 『무간지옥』은 뭐야?”

아리사가 머뭇거리며 묻자, 유키는 물어보기만 기다렸다는 듯 환한 미소를 지었다.

“너무 매운 나머지, 아무것도 느껴지지 않을 만큼 지독한 수준이라고 해요!”

“신경이 사망해서 그런 거 아냐?”

그제야 여기가 위험한 가게라는 것을 이해한 아리사가 당황한 표정을 짓고 있을 때, 메뉴를 확인한 마사치카 또한 이곳에는 적당히 매운 요리가 없다는 것을 깨달으며 애도하듯 눈을 감았다.

“……그럼 나는 『피웅덩이 지옥』으로 해야겠네. 처음 온 가게에서는 무난한 메뉴를 주문하는 게 정석이거든.”

"그, 그래. 기본은 중요해."

"어머? 두 사람은 같은 걸 주문할 건가요? 그럼 저도 같은 걸로 해야겠네요."

보다 못한 마사치카가 도움의 손길을 내밀자, 아리사는 냉큼 그 손을 잡았다. 그러자 유키도 편승을 했고, 결국 세 사람은 같은 메뉴를 주문했다.

"그건 그렇고, 유키 양의 오늘 복장은 참 보이시한 느낌이네. 좀 놀랐어."

"후후후, 휴일이니까요. 분위기를 좀 바꿔봤어요."

"그렇구나. 확실히 분위기가 달라지긴 했지만, 참 잘 어울리는 것 같아."

"고마워요. 아랴 양의 사복도 참 멋지네요. 프로 모델인 줄 알았어요."

"그래? 고마워."

나를 사이에 두고 앉은 두 소녀의 걸즈 토크에 훈훈함과 거북함을 동시에 느낀 마사치카는 주위 남성의 시선에 식은땀을 흘렸다.

특히, 아르바이트로 보이는 비슷한 또래 남성 점원의 시선이 무시무시했다.

적대감으로 가득 찬 눈길이었다. 하지만 실상이 어떻든 간에 양손의 꽃 상태인 것은 사실이기에 아무 말도 할 수 없었다.

게다가, 평범한 꽃이 아니었다. 양쪽 다 『절세』라는 말이 붙어도 이상하지 않을 수준의 미소녀다.

그런 두 사람을 거느린 평범한 외모의 남자를 본다면, 마사치카도 주목할 것이다.

그리고 「어? 러브 코미디 주인공? 하렘 러브 코미디 주인공 아냐?!」 하며 가슴이 뛸 것이다. 오타쿠의 숙명이다.

(뭐, 사실 이 두 사람이 나를 차지하려고 다투는 건 아니잖아. 이 광경을 보면 사이좋은 여자 둘과 짐꾼 하나라는 걸 눈치챌 거야.)

마사치카의 예상대로, 가운데에 있는 남자는 안중에도 없다는 듯 자기들끼리 즐겁게 이야기를 나누는 미소녀 두 사람을 보며 「아하, 저 남자는 덤이구나」 하고 생각한 건지, 남자들의 시선에 어린 호기심이 옅어졌다.

질투와 증오에 찬 눈길로 마사치카를 노려보던 아르바이트 점원 또한 눈에 들어간 힘을 빼며 다시 일에 전념…… 하려던 순간, 유키가 폭탄을 투하했다.

"사실 이 셔츠와 청바지는 마사치카 씨한테 물려받은 거예요."

아리사의 미소가 딱딱하게 굳었고, 가게 안의 공기 또한 굳어버렸다.

(동생아아아아아아아—!!)

또 호기심에 찬 시선이 마사치카에게 집중됐다. 아르바

이트 점원 씨는 믿기지 않는 걸 본 눈길로 마사치카와 유키를 번갈아 쳐다봤다.

"……물려받아?"

"네. 가문에서는 제가 항상 숙녀다운 복장을 갖추길 바라지만…… 이런 보이시한 복장도 입어보고 싶어서, 마사치카 씨에게 부탁했죠."

"흐음…… 그랬구나."

입가에 어려 있던 미소에 불길한 느낌이 감돌기 시작한 아리사가 날카로운 눈빛으로 마사치카를 꿰뚫었다.

"소꿉친구라는 건 참 가까운 사이인가 보네. 쿠제가 자기 옷을 여자애에게 입히는 취미를 지닌 줄은 몰랐어."

"아니, 취미가 아니라……."

"그래요. 취미가 아니라 페티시즘이에요."

"너는 입 좀 다물어."

마사치카가 괜한 소리 좀 작작 하라는 듯 노려보자, 유키는 의아하다는 표정을 지었다.

"어머? 하지만 제가 남친 셔츠 차림이었을 때는 꽤 기뻐했던 걸로 기억……."

"그건 사실이 아니잖아!"

유키는 죄의식이 전혀 어리지 않은 표정으로 폭탄을 추가 투하했다.

가게 안이 술렁거렸다. 참고로 마사치카가 『사실이 아니다』라고 말한 것은 그가 기뻐했다는 부분이며, 남친 셔츠 차림을 했다는 부분은 사실이다.

유키는 가끔, 갈아입을 옷도 챙기지 않고 불쑥 마사치카의 집에 올 때가 있다. 그때는 마사치카의 낡은 와이셔츠를 잠옷 대신으로 입기도 했다.

처음 그런 옷차림을 하고「남친 셔츠, 남친 셔츠~」하며 기뻐한 이는 유키였으며, 마사치카는 그런 그녀가 어이없다는 듯 쳐다보기만 했다. 하지만 타인이 그런 사실을 알 리가 없다.

"……남친 셔츠?"

하지만 서브컬처 쪽에 어두운 아리사는『남친 셔츠』라는 말 자체를 모르는 것 같았다.

모르나 본데 가르쳐줄게요, 하고 말한 유키는 천사 같은 미소를 머금으며 악마의 속삭임을 하려 했다. 마사치카가 재빨리 그걸 저지하려 할 때, 아르바이트 점원 씨가 부모 원수라도 만난 눈빛으로 마사치카를 노려보며 라멘을 내왔다.

"오래 기다리셨습니다~. 피웅덩이 지옥 세 개 나왔습니다~."

아리사는 나온 라멘을 내려다보더니,「윽!」하고 신음을 토하며 몸을 뒤편으로 젖혔다.

이름에 걸맞게 그릇을 가득 채운 검붉은 국물은 임팩트

가 어마어마했고, 거기서 피어오르는 김이 점막을 자극한 것 같았다.

이 시점에서 살짝 호흡 곤란에 빠진 아리사와 달리, 매운 음식에 환장한 남매는 입가에 미소를 머금으며 젓가락을 들었다.

"그럼 퍼지기 전에 먹도록 할까요."

"그래."

"으, 응."

세 사람은 한목소리로 「잘 먹겠습니다」 하고 말했다. 그리고 마사치카와 유키는 주저 없이, 아리사는 머뭇거리며 면을 먹었다.

"으음! 맛있네요!"

"그래, 평판이 좋을 만한걸."

남매는 한 입 먹고 만족했다. 아리사는 어쩌고 있나 싶어서 마사치카가 옆을 쳐다보니…….

"……."

온몸이 딱딱하게 굳은 채, 치켜뜬 눈을 전혀 깜빡이지 않으며 음식을 씹고 있는 아리사의 모습이 눈에 들어왔다. 테이블 위에 놓인 왼손은 힘껏 말아쥐고 있었으며, 주먹 또한 부들부들 떨렸다.

"……아랴, 괜찮아?"

"……으, 응. 맛있, 네."

입 안의 음식을 삼킨 후에야 다시 눈을 깜빡이기 시작한 아리사는 억지로 태연한 표정을 지었다.

이 상황에서도 괜찮은 척하는 그녀가 어이없을 정도로 대단하다고 생각한 마사치카는 일단 휴지를 한 장 내밀었다.

“한 입 먹을 때마다 휴지로 입술을 닦는 편이 좋을 거야. 매운맛 때문에 입술이 붓거든.”

“……고마워.”

아리사가 순순히 입술을 닦는 모습을 본 후, 마사치카는 다시 라멘을 먹기 시작했다.

면을 먹을 때마다, 고추의 강렬한 매운맛이 입 안을 가득 채웠다.

땀이 날 정도로 매웠다. 하지만 그 매운맛이 재료의 감칠맛을 살려주면서, 더 먹고 싶어지게 만들었다.

이 붉은 바다의 심연을 더욱 들여다보고 싶다(※개인의 감상입니다).

“응, 맛있어.”

마사치카는 만족했다는 듯 한숨을 토했다. 그런 그의 귀에…….

【아파…….】

……옆에서, 울음 섞인 애처로운 목소리가 들려왔다. 옆을 힐끔 쳐다보니, 아리사가 젓가락질을 완전히 멈췄다.

표정은 어찌어찌 관리하고 있었지만, 더는 먹을 수가 없는 것 같았다.

바로 그때, 마사치카의 시선을 눈치챈 아리사는 그 눈길에 떠밀린 것처럼 그릇을 향해 젓가락을 뻗었다.

“저기, 아랴. 진짜로 무리하지 마.”

“뭐가 말이야? 라멘이라면 맛있다고 했잖아?”

아프다고 말했잖아. 러시아어로 말이야.

“아니…… 뭐, 응. 그래.”

괜찮을지 걱정됐지만, 마사치카는 이 상황에서 아리사를 말려봤자 소용없다는 걸 알기에 개의치 않기로 했다.

물을 마시며 잠시 쉰 후, 다시 붉은 바다의 심연을 향해, 젓가락을…….

【더는 무리야…….】

집중, 못 하겠다!!

옆에서 들려오는 연약한 목소리가, 애수를 불러왔다.

그래도 관심을 가지지 않으려고 노력하며 식사를 이어갔다. 하지만…….

【엄마…….】

아리사가 어머니의 환상에 매달리기 시작한 순간, 참다 못한 마사치카는 그녀를 쳐다보았다.

(아, 틀렸네. 동공이 열렸어.)

놀랍게도, 이 상황에서도 아리사의 표정에는 변화가 없었다. 그저…… 곧 숨이 끊길 것처럼, 죽을상을 짓고 있었다.

더는 무리다. 본인이 포기할 때까지 내버려 둘 생각이었지만, 이래선 말릴 수밖에 없다. 닥터 스톱이다.

"아—."

마사치카가 아리사를 말리려던 순간, 이때를 기다린 것처럼 반대편에서 유키의 목소리가 들려왔다.

"아랴 양, 어떤가요?"

차기 학생회장의 자리를 두고 경쟁하고 있는 라이벌의 목소리가 들려오자, 완전히 풀려 있던 아리사의 눈에 초점이 맺혔다.

유키에 대한 경쟁심으로 투지를 북돋운 아리사는 정신을 차리더니, 어찌어찌 입가에 미소를 머금었다.

"응, 맛있어."

"정말 다행이에요. 아랴 양도 매운 음식을 좋아하는군요."

아리사가 귀기마저 감도는 듯한 처절한 미소를 머금자, 유키는 순진무구한 미소를 지었다. 그리고, 순진무구한 미소를 지은 채로 아리사를 향해 조그마한 병을 내밀었다.

"이 가게에서는 이 『도깨비 눈물』로 매운맛을 추가할 수 있는 것 같아요. 괜찮다면 아랴 양도 좀 넣는 게 어떤가요?"

아니나 다를까, 유키는 아리사를 더욱 궁지에 몰아넣었다. 아리사의 입가가 부르르 떨렸다.

참고로 이 『도깨비 눈물』이란 조미료의 정식 명칭은 『도깨비도 눈물 질질』이며, 그 이름대로 도깨비도 눈물을 질질 짜게 될 만큼 무시무시한 이 가게 오리지널 조미료다.

(제발 그만해! 아랴 양의 라이프는 이미 제로야!)

마음속으로 그렇게 외친 마사치카는 눈치챘다.

(그래. 러시아어라서, 유키는 아랴의 우는 소리를 알아듣지 못한 거야.)

거기까지 생각이 미친 마사치카가 귓속말로 상황을 몰래 알려주자고 생각하며 유키를 돌아본 순간, 그는 눈치챘다.

언뜻 보면 순수한 미소를 머금고 있는 유키의 눈 깊숙한 곳에, 가학적인 빛이 어려 있었다.

(이 녀석, 다 알면서……?!)

마사치카는 전율했다. 옆에서 뻗어온 새하얀 손이, 유키가 내민 병을 움켜쥐었다.

"몇 방울만 뿌려줘도 맛이 확 살아날 거예요."

"이봐, 아랴?! 그냥 관두는 편이 좋지 않을까 싶거든?!"

마사치카가 충고를 했지만, 그 병의 뚜껑을 연 아랴는 조그마한 스푼으로 그 안에 든 새빨간 액체를 떠서 라멘에 몇 방울 떨어뜨렸다. 그리고…….

"~~~~?!"

몇 초 후, 아리사의 소리 없는 절규가 이 가게 안에 울려 퍼졌다.

제 7 화 안타까운, 사건이었어……

"……아랴, 괜찮아?"

"……."

마사치카는 라멘 가게 근처에 있는 공원에서, 벤치에 축 늘어진 채 앉아 있는 아리사에게 머뭇머뭇 말을 건넸다.

하지만, 대답은 없었다.

아무래도 허세를 부릴 기력도 바닥난 건지, 한 구의 시체가 되어 있었다.

아리사는 마치 사색에 잠긴 학자처럼, 무릎 위에 팔꿈치를 얹으며 모은 두 손으로 이마를 짚었다. 마사치카는 어쩌면 좋을지 생각하며 머리를 긁적였다.

곧 아리사는 서서히 고개를 들더니, 공허한 눈길로 주위를 둘러보았다.

"……유키 양은?"

"아, 살 게 있다면서 어딘가에 갔어. 나중에 합류하겠다네."

"……그래."

그 어딘가가 어디냐면…… 아리사가 정신을 놓은 틈을 이용해, 유키는 애니메이트에 돈을 탕진하러 갔다. 아무리 아리사가 학생회 동료이자 친구일지라도, 지금 단계에서는 자기가 오타쿠란 사실을 들키고 싶지 않은 것 같았다.

"……괜찮아?"

"뭐가?"

"아니, 그야……."

아마 이렇게 축 피폐해졌는데도 불구하고, 자기가 매운맛에 졌다는 것을 인정하고 싶지 않은 것 같았다. 그 라멘을 고집스럽게 다 먹기는 했으니 졌다고는 할 수 없겠지만…… 그 이전에 이 애가 대체 무엇과 싸운 건지 모르겠다는 생각이 들었다.

"으음…… 아이스크림이라도 먹을래?"

"……먹을래."

공원을 둘러보다 아이스크림 왜건을 발견한 마사치카가 묻자, 아리사는 평소와 다르게 순순히 고개를 끄덕였다. 그리하여 두 사람은 아이스크림을 사서 벤치로 돌아왔다. 하지만…….

"……."

마사치카는 자기 몫인 초코칩 아이스크림을 핥아 먹으면서, 옆에 있는 아리사의 아이스크림을 뚫어지게 쳐다봤다.

마사치카와 달리, 그녀가 주문한 것은 콘이 아니라 컵이다. 그리고 그 위에는 바닐라, 초코, 치즈케이크, 쿠키앤크림이 놓여 있었다.

하나같이 달콤한~ 아이스크림이었다. 녹차? 민트초코? 아이스크림에 쓴맛이나 상큼한 맛 따위는 필요 없다! 아니, 콘조차 필요 없다! 하고 말하는 듯한 매우 공격적인 초이스였다.

점원도 약간 놀랐었다.

"저기…… 매운 걸 먹었더니, 단 게 먹고 싶네."

"……그래."

마사치카가 경악과 어이없음이 섞인 시선을 보내자, 아리사는 부끄러운 듯 고개를 돌리며 그렇게 말했다. 마사치카는「아니, 그래도 좀 과하잖아」하고 생각하면서도 고개를 끄덕였다.

잘 모르겠지만, 아리사는 자기가 단것을 좋아한단 사실을 숨기려 하는 것 같았다.

어쩌면 자기 캐릭터에 어울리지 않는다고 생각하는 걸지도 모른다.

(뇌에 당분, 몸에 활력을 보급해준다면서 단팥죽을 원샷하는 녀석이 이제 와서 무슨 소리를 하는 건가 싶지만 말이야.)

그래도 본인이 숨기고 싶어 하는 것을 폭로할 생각은 없다. 아무리 훤히 티 나더라도, 본인의 뜻이 그러하다면 존중해줘야 한다고 생각한다.

(정말, 참 성가신 성격이라니깐.)

고집쟁이에, 허세 덩어리.

자신이 이상적이라 생각하는 자기 자신이 되기 위해 홀로 꾸준히 노력하는 모습은 마사치카에게 너무나도 눈부셔 보였고, 또한 훈훈한 마음이 들게 했다.

아리사가 혼자 노력하는 모습을 보면, 왠지 도와주고 싶어졌다. 그 노력이 보답받도록, 힘써주고 싶다.

그것은 주제넘은 비호 욕구일까. 아니면 과거의 아버지와 자신을 위로하기 위한 보상 행동에 지나지 않는 것일까. 그것은 마사치카 본인도 알지 못했다.

(어느 쪽이든 간에, 어처구니없는 동기야.)

그런 식으로 자조하던 마사치카의 머릿속에 어떤 의문이 문뜩 떠올랐다.

“저기, 아랴.”

“왜?”

“아랴는 왜 학생회장이 되고 싶은 거야?”

“되고 싶으니까 되려는 거야. 높은 곳이 있으니 그곳으로 올라가려 한다. 거기에 이유가 필요해?”

마사치카의 질문에, 아리사는 답변이라고 해도 될지 판단이 서지 않는 심플한 말로 답했다.

하지만, 마사치카는 그것이야말로 아리사의 본심이라는 것을 깨달았다.

본인도 명확한 이유는 알지 못하리라. 하지만, 나아갈

수밖에 없는 것이다.

높은 곳이 있다면, 그곳으로 올라갈 수밖에 없다. 아리사 미하일로브나 쿠죠란 인간은…….

(이야, 대단하네. 부러워.)

진심으로 그렇게 생각했다. 자신의 이상을 좇으며 꾸준히 노력하는 인간은 참으로 아름다웠다.

타인에게 의지하지 않고, 자신의 힘만으로 계속 뛰어가는 그 모습은 참으로 고귀했다.

긍지를 품고 전력을 다해 살아가는 인간만이 뿜을 수 있는 혼의 빛을, 마사치카는 아리사에게서 느낄 수 있었다.

유키와 토우야도 같은 빛을 지녔다. 하지만, 아리사의 빛은 그 두 사람보다도 강렬했고, 그래서 위험해 보였다.

"회장 선거에 입후보할 거면…… 부회장 후보는 있어?"

마사치카의 질문에 아리사의 눈동자가 한순간 흔들렸고…… 곧 그런 자신을 부끄러워하듯 정면을 쳐다보며 늠름한 표정으로 대답했다.

"없어. 하지만, 딱히 문제 될 건 없지 않아? 나는 부회장이 필요 없는걸."

"아니, 필요 없다니…… 페어로 입후보해야 한다는 룰이 있으니까, 그럴 수는 없어."

"명목상의 부회장만 있으면 되잖아? 내 밑에 있어 줄 만한 적당한 사람을 찾아보겠어."

마사치카는 그 말을 듣고 씁쓸한 기분을 맛봤다. 바로 이런 점이다. 이런 점 때문에, 아리사가 위험해 보이는 것이다.

누구에게도 의지하려 하지 않았다. 타인에게 아무것도 기대하지 않았다. 남의 인정이나 칭찬을 원하지 않으며, 그저 자신이 이상적으로 여기는 결과를 거머쥐기 위해 전력을 다했다.

어쩌면 전부 자신만의 자기만족이라고 여기기에, 타인에게 기대선 안 된다고 생각하는 걸지도 모른다.

그런 아리사를, 마사치카는 내버려 둘 수가 없었다.

개인이 지닌 힘의 한계를 알기에. 그리고, 노력이 보답받지 못했을 때의 슬픔과 괴로움, 허무함을 알고 있기에.

(노력은…… 보답받아야만 해. 진정으로 노력한 인간만이, 바라는 결과를 거머쥐어야 하는 거야.)

그렇게 생각하기에, 마사치카는 지금까지 아리사를 적지 않게 도와줬다.

아리사의 주위에 있는 인간을 끌어들여서, 그녀가 주위와 협력하도록 유도했다. 그리고 자기가 솔선해서 그녀를 애칭으로 부름으로써, 아리사에게 다가가기 쉽게 만들려고도 했다.

지금의 모습을 보면, 그다지 효과가 없었던 것 같지만 말이다.

"……그래."

"……."

아리사는 아무 말도 하지 않았다. 딱히 감정을 드러내지 않으며, 묵묵히 아이스크림을 먹었다.

그 침묵을 무언의 호소처럼 느끼는 건, 마사치카의 착각일까. 어제 헤어질 때, 아리사가 하려던 말은…….

바로 그때, 아이스크림을 다 먹은 아리사가 마사치카의 예상을 긍정하듯 중얼거렸다.

【네가 같이…….】

그 이상은 러시아어로도 말하는 게 주저되는 건지, 아리사는 입을 다물었다. 하지만 마사치카는 그것만으로도 충분했다.

(하지만, 나는…….)

아리사와 유키, 토우야 같은 혼의 빛을 지니지 못했다.

자신의 의지로 목표를 정하는 주체성도, 목표를 이루기 위해 꾸준히 노력할 열정도 없다.

항상 목표는 타인이 정했다. 열정 또한 타인에 따라 정해졌다.

마사치카가 가장 빛나던 시절에도, 그 점에는 변함이 없었다.

「스오우 가의 후계자에 걸맞은 인간이 된다」라는 목표는 어머니와 할아버지가 정해준 것이다.

그 목표를 추구하던 열정은, 어머니와 그 아이에게 받은 것이다. 자신이 정한 것이 아니다.

어머니에게 인정받고 싶어서, 그 아이에게 칭찬받고 싶어서 노력했을 뿐이다.

타인이 깔아준 레일 위를, 타인에게 받은 연료로 달렸을 뿐인 것이다.

그리고 둘 다 잃어버린 지금은 어디로도 나아가지 못하며 멍하니 서 있다.

(나는, 어울리지 않아.)

마사치카는 아리사가 방금 그 말을 러시아어로 해준 것에 감사했다. 만약, 일본어로 말했더라도…… 마사치카는 비겁한 침묵을 선택할 수밖에 없었으리라.

바로 그때, 아리사는 분위기를 바꾸려는 듯 입을 열었다.

"쿠제, 혹시 다른 볼일 있어?"

"응? 없는데……."

"유키 양은?"

"으음…… 뭐, 나중에 합류하면 될 거야."

"그래? 그럼 내 볼일에 어울려줘."

"볼일……. 그러고 보니 옷 사러 왔다고 했지?"

"그래."

"잠깐만…… 사내자식이 여자애와 함께 옷 사러 가는 건, 친밀도가 상당해야만 발생하는 이벤트라고 생각하거든?"

"그래?"

고개를 갸웃거리는 아리사를 본 마사치카는 퍼뜩 눈치챘다.

(그래……. 아랴는 같이 옷을 사러 갈 친구가 없으니까, 그런 걸 모르는 거구나……. 크흑!)

안타까운 마음에 무심코 눈시울을 붉힌 마사치카는 어금니를 깨물며 눈물을 참은 후, 자애에 찬 표정을 지었다.

"응…… 좋아. 같이 가자."

마사치카가 갑자기 쾌히 승낙하자, 아리사는 눈썹을 찌푸렸다.

"갑자기 왜 그러는 거야?"

"아니, 우리는 친구 사이잖아. 안 그래?"

"왠지 석연치 않은데……."

"신경 쓰지 마."

미심쩍어하는 아리사를 적당히 달랜 후, 마사치카는 다시 상업 시설로 돌아갔다.

그리고 옷 가게가 모여 있는 층으로 이동한 후, 대충 둘러봤다.

한편, 아리사는 갑자기 상냥해진 마사치카를 보면서 핀트가 어긋난 착각을 했다.

(설마…… 나는 학생회장이 될 수 없다고 생각하는 거야? 그래서, 갑자기 상냥하게 대해주는 거구나? 야, 얕보지 마!)

마치 어린아이를 어르는 부모처럼 행동하는 마사치카를

본 아리사는 마음속으로 어금니를 깨물었다.

전부터 아리사는 손윗사람의 관점에서 지켜봐 주는 듯한 태도인 마사치카를 볼 때마다 참을 수가 없었다. 그렇다고 정면에서 반항했다간 어린애나 다름없다.

(뭔가…… 한 방 먹여줄 방법이 없을까. 저 여유를 확 무너뜨리고 싶어!)

으그그극, 하고 마음속으로 신음을 흘리며 머리를 굴린 아리사는…… 일전의 아침에 있었던 일을 떠올렸다.

(이렇게 되면 전력을 다한 내 패션쇼로 가슴이 두근거리게 해주겠어!)

뜬금없는 착각에서 비롯된 결의를 다진 아리사는 눈길이 가던 가게에 들어가더니, 가게 안에 있던 다양한 옷을 들고 탈의실에 뛰어들었다.

"그럼 입어볼 테니까, 의견을 말해줘."

"오케이."

마사치카를 탈의실 앞에서 기다리게 한 후, 커튼을 치며 옷을 음미했다.

(우선…… 이걸 입어볼까.)

들고 온 옷 중에서 아리사가 가장 먼저 고른 것은, 여름 느낌이 물씬 나는 순백의 원피스였다.

(이거라면 효과가 확실할 거야. 남자애는 이런 걸 좋아한다고 마샤가 말했거든!)

도전적인 결의와는 달리 자기가 **패배 루트로 들어섰다는 것**을 자각 못 한 채, 뇌가 순정만화 상태인 언니가 말해준 믿어도 될지 확실치 않은 정보에 따라 옷을 골랐다.

그리고, 갈아입기 위해 블라우스의 단추를 향해 손을 뻗은 순간…… 갑자기 움직임을 멈췄다.

(……잠깐만 있어 봐. 혹시 밖에서 옷 갈아입는 소리가 들리는 것 아닐까?)

지금 마사치카와 자신 사이에 존재하는 것은 커튼 한 장뿐이다. 게다가 아래편에는 틈새가 있었다. 한번 의식하기 시작하자, 아리사의 마음속에서 수치심이 샘솟았다.

"쿠제! 좀 물러나 있어!"

참다못해 커튼 너머를 향해 그렇게 외치자, 「예이~」 하는 의욕 없는 목소리와 함께 멀어져가는 구두 소리가 들렸다.

그 소리를 듣고 약간 안도하면서도…… 구두 소리가 생각보다 또렷하게 들렸다는 사실에 아리사는 당황했다.

(어? 구두 소리가 들릴 거리면…… 옷깃 스치는 소리도 들리지 않을까?)

왠지 자기가 어마어마하게 부끄러운 짓을 하는 느낌이 든 나머지, 진정되지 않았다. 아까 마사치카가 말한 「사내자식이 여자애와 함께 옷 사러 가는 건, 친밀도가 상당해야만~~」라는 말의 의미를 이제 와서 깨달은 것이다.

(아냐, 괜찮아. 가게 안에는 음악이 흐르는걸……. 탈의

실에서 나는 소리는 웬만해선 밖에서 들리지 않을, 거야.)

아리사는 너무 부끄러운 나머지 도망치고 싶어졌지만, 자존심이 허락하지 않았다.

수치심을 억누르며 각오를 다진 아리사는 옷을 벗기 시작했다.

밖에 있는 소년을 의식하지 않기 위해 소리를 내지 않으며 재빨리 옷을 갈아입은 후, 무의미하다는 것을 알면서도 귀를 세우며 바깥의 상황을 살폈다.

(괜찮은 것…… 같네.)

그리고 별 반응이 없다는 사실에 안도하며, 다시 거울과 마주했다.

한편, 아리사가 신경 쓰고 있는 당사자는 주위에 있는 누님들로부터 「어머, 학생 커플? 여친을 기다리는 거려나. 귀엽네~」라는 훈훈한 시선을 받으면서, 무표정한 얼굴로 「이건 러브 코미디에서 흔히 일어나는 일……」 하고 생각하며 현실도피를 하고 있었다.

딱히 옷깃 스치는 소리에 귀를 기울이고 있지도 않았기에, 아리사의 걱정은 기우로 끝났다.

하지만 아리사의 탈의보다 주위의 시선을 더 신경 쓰고 있다는 건, 아리사가 바라던 상황은 아닐지도 모르지만 말이다.

(응, 잘 어울리네. 역시 나야.)

아리사는 거울 앞에서 포즈를 취하며 자화자찬을 했다. 그리고 승리(언제부터 이게 승부가 된 건지는 모르겠지만)를 확신하며 커튼을 걷으려던 순간, 갑자기 불안을 느꼈다.

만약, 아무런 반응도 보이지 않는다면? 스마트폰을 만지작거리며 「흐음~ 괜찮은 것 같네?」 하고 대충 늘어놓는다면? ……어쩌면 아리사는 울음을 터뜨릴지도 모른다. 상상했을 뿐인데 가슴이 옥죄어들었다.

(흐, 흥! 만약 그렇게 된다면, 확 뺨을 때려줄 거야!)

하지만 아리사는 투지를 불태워서 약한 마음을 억누른 후, 힘차게 커튼을 걷었다.

"어때?"

허리에 손을 대며 한쪽 발에 체중을 싣는 모델 같은 자세를 취한 아리사는 도발적으로 마사치카를 쳐다봤다.

확실히, 뛰어난 몸매와 미모가 더해지면서 놀라울 정도로 멋진 모습을 자아냈다.

힐끗힐끗 쳐다보고 있던 가게 안의 여성들이 감탄 섞인 한숨을 토했다. 마사치카도 예외는 아니었다.

(남자라면 좋아하지 않고는 못 배길 녀석!!)

마음속으로 그렇게 외친 마사치카는 상상 속의 책상을 주먹으로 내려쳤다. 아무래도 이번만큼은 마샤 정보가 옳았던 것 같았다.

하지만, 이 상황에서 티를 냈다간 아리사가 우쭐할 게

뻔했다. 이럴 때는 부끄러워하는 쪽이 진다는 것을, 마사치카는 잘 알고 있었다.

그래서, 이번에는 방어가 아니라 공격에 나섰다!

"아, 잘 어울리는걸. 아랴의 새하얀 피부와 순백의 원피스가 조화를 이루는 것 같아. 청초한 여성스러움이 강조되면서, 평소보다 귀여운 분위기가 감도네."

"어, 응? 그, 그래……?"

마사치카가 카운터를 날리자, 아리사는 당황했다. 마사치카가 진지한 표정으로 똑바로 쳐다보며 칭찬해주자, 어찌 된 건지 마음이 흔들렸다.

"그럼, 다음은……."

아리사는 그렇게 말한 후, 도망치듯 커튼을 쳤다.

커튼이 두 사람의 시선을 차단한…… 직후, 아리사와 마사치카는 커튼 안팎에서 동시에 몸을 웅크렸다.

(어? 어? 뭐야? 어어? 칭찬을 들었네?!)

(부끄러워~! 되게 부끄럽다고! 용케 끝까지 안 웃으며 말했네! 우와, 장난 아냐. 대놓고 애교 부리니, 보는 나도 너무 부끄러워! 저 녀석, 용케 평소에 이런 짓을 하네. 뭐, 내가 러시아어를 못 알아듣는다고 생각해서 그런 거겠지만 말이야!)

마사치카는 주위의 누님들이 보내는 훈훈한 시선을 신경 쓸 여유도 없이, 머리를 감싸 쥐며 수치심을 견뎠다. 그리고 커튼 너머에 있는 아리사도 양손으로 볼을 누르며 수치심을 견뎠다.

(어? 아니, 어어? 저, 저기, 귀엽다니…… 귀엽, 다니으~~~~, 정말! 정말!)

견디다 못한 나머지 탈의실 벽을 손바닥으로 찰싹찰싹 소리 나게 때리다, 소리가 생각보다 컸기에 허둥지둥 관뒀다.

이유도 없이 헛기침하며 정면을 향해 고개를 돌리더니, 거울 속에서 헤벌쭉거리고 있는 자신을 보자마자 헤딩을 날리듯 그 거울에 이마를 댔다.

거울에 이마를 비벼대며, 그 고통과 차가운 감촉을 통해 억지로 정신을 추슬렀다.

(휴우…… 괜찮아. 생각해보면, 당연한 말을 들은 것뿐이잖아. 그래, 쿠제는 보기와 다르게 여자애를 칭찬할 줄 아는 사람이었구나. 기특해.)

내려다보는 관점에서 그런 평가를 내리며 머리카락을 등 뒤로 쓸어 넘긴 순간, 아리사의 머릿속에『익숙해 보인다』라는 생각이 떠올랐다.

(익숙해? 뭐가?)

생각해볼 필요도 없다. 마사치카가, 여자애를 칭찬하는 것에, 익숙해 보인다는 것이다. 그럼 **누구를 칭찬하며** 익숙해진 것일까. 그 의문에 대한 답은 하나뿐이었다.

(유키 양, 일까……?)

머릿속이 차갑게 식었다. 몇 시간 전에 봤던, 즐겁게 윈도쇼핑을 하는 두 사람의 모습을 머릿속에 떠올린 아리사의 가슴속에 응어리 같은 것이 생겨났다.

"……."

천천히 거울에서 몸을 뗀 아리사는 가지고 온 옷을 쳐다봤다. 그리고 그 안에서 청바지와 셔츠를 고른 후, 갈아입기 시작했다.

그 조합, 특히 영어가 적힌 검은색 셔츠라는 남자들이 입을 옷을 고른 점에서는 뭔가를 의식하고 있는 느낌이 들지 않는 건 아니지만 아마 기분 탓일 것이다.

아리사가 다른 뜻이 없다고 여긴다면, 틀림없이 다른 뜻은 없다.

"이건 어때?"

딱히 찔리는 구석은 없거든요? 하고 말하듯이 자신만만한 표정으로 커튼을 걷은 아리사가 그렇게 물었다.

하지만, 마사치카는 그 옷차림을 보고 아무것도 눈치채지 못할 만큼 둔감하지는 않았다. 그리고, 괜한 지적을 할 만큼 눈치 없지도 않았다. 겁을 상실하지는 않았다는 표현이 옳을지도 모른다.

"이번에는 멋진 느낌의 옷이네. 아랴는 귀엽다는 느낌보다 아름답다는 느낌에 가까우니까, 그런 옷도 잘 어울려. 치마가 아니라 청바지를 입으니, 뛰어난 몸매도 돋보이고 말이야."

"흐, 흐음~. 그래? 고마워."

칭찬을 듣는 것도 두 번째였기에, 아리사는 당황하지 않으며 찬사를 받아들였다. 그리고 기쁨을 숨기려 하지 않으며, 웬일인지 미소 띤 얼굴로 답례를 입에 담았다.

"그럼 다른 옷을 입어볼게."

"그래~."

그리고 아리사는 마사치카의 가슴을 두근거리게 만든다는 당초의 목적을 잊은 채, 패션쇼를 순수하게 즐기기 시작했다.

차례차례 옷을 갈아입고, 거울 앞에서 포즈까지 정한 후에 마사치카에게 선보였다. 그리고 마사치카 또한 2차원에서 익힌 여자애 극찬 어록을 최대한 활용하며 아리사를 칭찬했다.

마사치카의 수치심은 점점 마비됐고, 아리사는 점점 기분이 좋아졌다. 마사치카의 예상대로, 아리사는 함께 옷을 사러 갈 친구가 없었다. 때때로 함께 쇼핑을 하는 언니는 아리사가 뭘 입어도「아랴, 귀여워~」하고만 말하기에, 이렇게 구체적으로 칭찬받은 건 태어나서 처음이었다.

(다음은~~ 흐흥~~♪ 다 · 음 · 은~~♪)

기분이 좋아진 아리사는 마음속으로 콧노래를 부르며 옷을 골랐다.

유키가 이 자리에 있다면 「되게 쉬운 여자네」 하고 말했을 테지만, 본인은 전혀 자각하지 못했다.

그리고 들뜬 마음으로, 스스로도 「이건 못 입겠지만, 그래도 혹시 모르니」란 심정으로 챙겼던 옷을 향해 손을 뻗었다.

(좀 대담……하려나? 하지만, 쿠제라면 칭찬해줄 거야.)

아리사가 고른 것은 어깨가 훤히 드러나는 캐미솔과 미니스커트다. 노출도가 상당하며, 미니스커트 쪽은 원래 다리가 긴 아리사가 입으면 「어? 무릎 위? 사타구니 쪽에 압도적으로 가까운 것 같은데?」 하고 말하고 싶어지는 상황이 벌어졌다.

평소의 아리사라면 절대 입지 않을 것이며, 입더라도 이성에게 절대 보여주지 않을 복장이다. 하지만 마사치카에게 연이어 칭찬을 듣고 텐션이 상승한 아리사는 희미하게 들려오는 이성의 목소리를 무시하며 커튼을 걷었다.

그렇다. 어느새 커튼 너머의 기척이 하나 더 늘어났다는 사실을 눈치채지 못한 채…….

"이건 어, 때……."

상반신을 앞으로 숙이고, 오른손 검지를 볼에 대며 윙크를 날린 순간…… 아리사는 마사치카의 옆에 유키가 서 있다는 사실을 눈치챘다.

두 사람이 시선이 정면에서 마주치자, 아리사는 한쪽 눈을 감은 채 그대로 굳어버렸다.

한편, 오타쿠 굿즈가 가득 들어 있는 종이 가방을 들고 있던 유키는 그런 아리사를 보면서 눈을 깜빡이더니…….

"우와~. 아랴 양, 대담해~."

"……그러네요."

유키는 본성을 드러낸 표정으로 휘파람을 불었고, 마사치카는 말로 형용할 수 없는 표정을 지으며 고개를 돌렸다.

그런 두 사람을 본 순간, 아리사는 정신이 번쩍 들었다.

얼굴에서 핏기가 가시더니, 그 직후에 얼굴로 피가 쏠렸다.

"……그래."

아리사는 새빨개진 얼굴을 굳히면서 커튼을 치더니, 그 자리에서 몸을 웅크렸다.

【……사라지고 싶어.】

그리고 거울에 비친 자신의 모습을 다시 확인하더니, 기어들어 가는 목소리로 중얼거렸다.

"아랴 양이 뭐라고 한 거야?"

"……사라지고, 싶다네."

"훗, 퓨어한 베이비군."

"너는 대체 누구야?"

그 중얼거림조차도, 이 남매에게 전해졌지만 말이다.

◇

마음이 진정된 아리사는 입어본 옷 중에서 두 벌을 골라서 구매한 후, 다른 두 사람과 함께 귀가하기로 했다.

전철 안에서도 기분이 풀리지 않은 아리사를 배려하는 건지, 마사치카와 유키는 별다른 대화 없이 스마트폰만 만지작거렸다.

"그럼 월요일에 봐, 아랴."

"오늘은 즐거웠어요. 다음에 또 같이 쇼핑하지 않을래요?"

"응, 그러자."

이윽고 마사치카와 유키가 전철에서 먼저 내리자, 아리사는 두 사람의 뒷모습을 쳐다보며 좌석에 털썩 주저앉았다.

【말도 안 돼…….】

아까 자신이 보였던 추태(아리사 기준)를 떠올린 그녀는 몸부림이라도 치고 싶은 충동에 사로잡혔다.

【그렇게, 짧은 치마를…… 조신하지 못한 여자라고 여길 거야…….】

무릎 위에 놓인 종이 가방에 얼굴을 묻으며 수치와 후회에 사로잡혀 있던 아리사는…… 문뜩, 이상한 점을 눈치챘다.

"……어?"

그렇다. 이상했다. 왜, 두 사람은 아까 같은 역에서 내린 것일까.

마사치카와 유키의 집은 역 세 정거장 정도 떨어져 있다. 원래라면 같은 역에서 내릴 리가 없다.

"……어? 어?"

그렇다면 결론은 하나뿐이다. 두 사람은 아직 집에 돌아갈 생각이 없다. 아니, 어쩌면 누군가의 집에 같이 가려는 게 아닐까……?

"어—?"

사실 그 예상이 옳았다. 유키는 스오우 가에 오타쿠 굿즈를 가져갈 수 없기에, 쿠제 가에서 전리품을 즐길 생각이었다.

하지만, 아리사가 그런 자초지종을 알 리가 없었다.

"역시, 그 두 사람은……?"

가슴속에서 샘솟은 의문을, 어찌어찌 억눌렀다.

(아냐. 어쩌면 다른 가게에 함께 가보려는 걸지도 모르잖아.)

그렇게 자기 자신을 이해시키려던 순간…… 문뜩 뭔가가 생각난 아리사는 스마트폰을 꺼내 들었다.

(뭐라고 했더라…… 남친 셔츠, 맞지?)

기억에 의지해 검색을 해본 아리사는 화면에 표시된 이미지를 보고 눈을 치켜떴다.

"어—?!"

갑자기 큰 소리를 낸 바람에 주위의 시선이 쏠렸지만,

아리사는 그걸 신경 쓸 여유가 없었다.

그것은 순정만화의 한 장면으로 보이는 이미지였다.

남녀가 한 침대 위에서 마주 앉아 있었고, 여성은 헐렁한 와이셔츠를 입은 채 부끄러운 듯 미소 짓고 있었으며, 남성은…… 상반신에 아무것도 걸치지 않았다.

(어어어어, 어떻게 된 거야?!)

억지로 억눌러뒀던 의문이, 압박을 밀어내며 천장을 꿰뚫어버렸다.

(어? 어어? 어어어—?!)

음란한 분위기가 감도는 이미지를 본 아리사는 눈을 치켜떴다. 이미지 속의 남녀가 머릿속에서 마사치카와 유키로 변환되자, 아리사는 그 생각을 허둥지둥 떨쳐냈다.

(대체 어떻게 된 거냔 말이야~~~~?!)

홀로 남겨진 전철 안에서, 아리사는 답을 찾을 길 없는 의문에 사로잡힌 채 끙끙거렸다.

огда Аля внезапно кокетничает по-русски

제 8 화 그래, 알았어

"하아……. 그 녀석, 가면 갈수록 뻔뻔해지는 것 같지 않아……?"

방과 후, 마사치카는 유키한테 받은 메시지를 보며 혼잣말을 중얼거렸다.

학생회 일로 비품을 사러 가야 하는데, 갑작스러운 볼일 탓에 갈 수 없게 됐으니 대신 가달라는 내용이었다.

『오빠야, 부탁해용~♡』

"……."

마지막으로 보내온, 탄성이 절로 나올 만큼 아양 떠는 메시지를 보고 짜증이 치솟았지만, 곧 몸에서 힘이 쭉 빠졌다.

"뭐, 할게. 할 건데……."

마사치카는 투덜대면서도『오케이』라는 짤막한 메시지를 보냈다.

『와아~, 오빠 알라뷰♡』

"그래그래."

하트가 휘날리는 이모티콘이 연이어 날아오자, 쓴웃음을

머금은 마사치카는 스마트폰을 호주머니에 넣으며 학생회실로 향했다.

이러니저러니 하면서도, 마사치카는 동생에게 물렀다. 세간의 기준에 비춰보면 시스콤이란 소리를 들어도 이상하지 않을 정도다.

"실례하겠습니다."

마사치카가 학생회실의 문에 노크를 한 후에 열어보니, 안에는 두 사람이 있었다.

"여어, 쿠제. 도와달라고 불러서 미안해."

"아뇨. 저는 유키 대신 왔을 뿐이니까요."

한 사람은 학생회장인 켄자키 토우야, 그리고 다른 한 사람은…….

"어머, 네가 쿠제구나? 나는 마리야 미하일로브나 쿠죠라고 해. 아랴의 언니이자, 학생회 서기야. 잘 부탁해~."

"아, 네. 아랴한테는 항상 신세를 지고 있어요."

마리야가 포근한 미소를 지으며 인사를 하자, 마사치카는 「자매인데 분위기가 참 대조적이네」 하고 생각하며 마주 인사했다.

"오늘은 쿠죠 선배와 함께 비품을 사러 가면 된다고 들었는데요……."

"그냥 마샤라고 불러도 돼. 아랴의 친구라면, 내 친구나 다름없는걸~."

"아, 네……."

마리야가 방긋 웃으며 조신한 걸음으로 다가오자, 마사치카는 「인싸력 엄청나네」 하고 생각하며 머뭇거렸다.

"마샤 선배도 괜찮고~, 마샤 씨라고 불러도 돼~."

"으음…… 그럼, 마샤 씨라고 부를게요."

마사치카는 멋쩍은 기분이 든 나머지 시선을 피했다. 그런 마사치카의 앞에 선 마리야는 그의 오른팔을 양손으로 잡고 위아래로 흔들었다.

"응, 잘 부탁할게……."

만약 아이돌이 마리야 같은 표정을 지으며 악수를 한다면, 그 어떤 남성도 포로로 만들어버릴 것이다. 마사치카의 얼굴을 코앞에서 올려다보고 있는 마리야의 표정이 갑자기 진지해졌다.

상냥한 느낌이 감도는 살짝 처진 눈을 치켜떴으며, 얼굴에서는 미소가 완전히 사라졌다.

"왜, 왜 그래요?"

마사치카는 돌변한 상대를 보고 놀란 바람에 뒤편으로 물러났지만, 마리야가 그의 손을 세게 움켜쥔 탓에 한 걸음만 겨우 물러났다.

"쿠제는…… 이름이 어떻게 돼?"

"네? 마사치카…… 정사 정(政) 자에 가까운 근(近) 자를 써서 마사치카인데요."

“마사, 치카…….”

마리야는 섬뜩할 정도로 진지한 표정을 지으며, 마사치카의 얼굴을 뚫어지게 응시했다.

초면이나 다름없는 미인 선배가 자신의 손을 움켜쥔 채 이렇게 뚫어지게 쳐다보자, 마사치카는 가슴이 뛰는 걸 넘어 불안에 사로잡혔다.

“왜 그러지? 언니 쿠죠. 쿠제의 등 뒤에 뭐라도 들러붙어 있는 거야?”

“회장님, 이럴 때는『얼굴에 뭐라도 붙어 있어?』라고 말해야 하지 않을까요?”

“오. 나이스야, 쿠제.”

토우야가 도움의 손길을 내밀자, 마사치카는 냉큼 움켜잡았다. 그 주저 없는 태클에, 토우야는 찬사를 보내며 엄지를 치켜들었다.

갑작스럽게 콩트가 벌어지자, 마리야는 눈을 천천히 깜빡인 후에 평소처럼 포근한 미소를 머금었다.

“미, 미안해.『이 사람이 아랴의 친구구나~』싶어서 실례를 범했네.”

마사치카의 손을 놓은 마리야가 자기 볼에 손을 대며 미안하다는 듯 고개를 갸웃거렸다. 그리고, 분위기를 환기시키려는 듯 손뼉을 치며 말했다.

【그럼, 출발하자.】

갑작스럽게 러시아어가 들려오자, 마사치카는 눈을 깜빡였다. 물론 의미는 이해했지만, 마리야의 여동생인 아리사 앞에서는 러시아어를 모르는 척하고 있기에 고개를 끄덕일 수는 없었다.

"죄송한데, 뭐라고 하신 거죠?"

마사치카가 시치미를 떼면서 묻자, 마리야는 한순간 눈을 치켜뜬 후에 다시 미소를 머금었다.

"미안해. 『출발하자』 하고 말했을 뿐이야."

"아, 그렇군요."

"그럼 회장님, 다녀올게요."

"응, 부탁할게."

"실례하겠습니다."

"쿠제, 잘 부탁해."

"네."

토우야에게 인사를 한 후, 두 사람은 학생회실을 나섰다.

"비품을 사러 가는 거라면서요? 유키한테 자세한 이야기는 못 들었거든요."

"맞아~. 학생회실에서 쓰이는 물건을 사러 가는 거야~."

"하아……. 중등부 때는 업자를 통해 그런 걸 통째로 발주했는데, 고등부는 다른가 보네요."

"자잘한 소모품은 그렇게 해~. 하지만, 우리가 쓰는 학생회실이니까, 우리 색깔로 꾸미고 싶거든. 그런 것들은 직접 보고 골라야 하지 않겠어? 특히 홍차는 실제로 향을 맡아봐야 좋은 것을 고를 수 있다니깐."

"아하, 그런 걸……. 그럼 외부인인 제가 관여하는 건 좋지 않을 것 같은데요."

"그렇구나……. 그럼 쿠제도 학생회에 들어오면 되지 않을까?"

"아, 그럴 생각은 없어요."

"그래? 유감이야~."

마리야가 정말 유감이라는 듯 어깨를 으쓱하자, 마사치카는 쓴웃음을 머금었다.

"그래도 짐꾼으로서 힘내겠어요."

"응, 잘 부탁해~."

외부인이니 괜히 의견을 제시하지 말고 열심히 짐만 들면 될 것이다…… 그렇게 여겼지만, 그건 무른 생각이었다.

"이 아로마, 향이 좋네~. 일단 시험 삼아 모든 종류를—."

"아니, 학생회실에서 아로마는 좀 그렇잖아요. 그런 건 자기 방에서 쓰세요."

"꺄아~. 이 고양이 봉제 인형, 아랴를 쏙 빼닮았어! 아, 맞다. 학생회 멤버 전원을 이미지한 봉제 인형을 비치해두는 건 어떨까?"

"학생회실이 무슨 놀이동산이에요?! 다른 여성은 몰라도, 회장님은 여러모로 불편할걸요?!"

"회장님은 안경을 쓴 이 라이온 씨가 좋겠네~."

"아니, 그러니까…… 어, 닮았잖아!"

"그럼 이걸—."

"아니, 닮긴 했지만! 학생회실에 봉제 인형을 놔두면 안 된다고요!"

"에이, 말도 안 돼~."

"아니, 그 말을 할 사람은 저라고요."

"부우……. 알았어. 하지만 이 고양이 씨는 귀여우니까, 개인적으로 사 갈래."

"아앗, 한꺼번에 계산하면 안 돼요! 회계인 아랴한테 혼날 거예요!"

주저 없이 팬시용품 가게에 들어가는 것을 보고 위험하단 느낌을 받았지만, 상상 이상이었다. 마사치카의 상상을 아득히 능가할 정도로 자유로운 사람이었다.

마리야는 사방팔방을 둘러보며, 학생회실에 어울리지 않는 물건도 사려고 했다. 짐꾼이나 할 생각이었던 마사치카는 그런 마리야의 궤도를 수정하느라 정신이 없었다.

(틀렸어. 이 사람, 너무 자유롭잖아. 항상 이런 느낌인 걸까? 그럼 아랴도 고생이 많겠네.)

어찌어찌 꼭 필요한 물건만 산 후, 마지막으로 홍차 가게로 향할 즈음에는 마사치카도 녹초가 되어 버렸다. 아까 했던 선언대로 짐꾼 역할을 다하면서, 고양이 봉제 인형을 안아 든 채 걷고 있는 마리야를 내려다봤다.

봉제 인형을 안아 들고 마을 안을 걷는 것은 초등학교 저학년이라면 몰라도 고등학생에겐 꽤 허들이 높은 것 같지만, 불가사의하게도 마리야가 하니 위화감이 거의 느껴지지 않았다.

(으음, 뭐랄까……『이봐, 고양이. 나와 교대하자』 같은 느낌이네.)

봉제 인형의 머리를 압박하고 있는 커다란 계곡을 쳐다보며 무심코 그런 생각을 한…… 직후, 쓰레기를 본 듯한 눈길을 띤 아리사의 얼굴이 머릿속에 떠오른 마사치카는 온몸을 부르르 떨었다.

(아니데이……. 이렇게 어마어마한 게 눈에 들어오면, 남자라면 누구나 쳐다보고 만데이. 남자의 슬픈 숙명인 기다.)

마사치카는 어찌 된 건지 사투리로 변명을 하면서, 머릿속에 떠오른 아리사에게 사과했다.

"쿠제, 이쪽이야~."

"네! 죄송합니다!"

"응? 뭐가?"

"아니, 저기…… 아무것도 아니에요……."

마사치카가 목을 움츠리자, 마리야는 「으응~?」 하며 의아하다는 듯 고개를 갸웃거리면서도 가게 안으로 들어갔다.

"저기, 마샤 씨. 제가 들게요."

"아, 고마워~. 그럼 아랴냥을 잘 부탁해."

"아, 아라냥……."

엄청난 작명 센스에 표정이 굳어버린 가운데, 마사치카는 마리야에게서 봉제 인형을 건네받았다.

(……잠깐만. 넘겨받긴 했는데, 이래선 안구 테러급 광경 아냐?!)

봉제 인형을 안아 든 여고생을 본다면 사람들은 쓴웃음이나 짓고 말겠지만, 남자 고등학생이 안고 있다면 사람들의 얼굴에서 표정이 싹 사라질 것이다. 눈조차 마주치기 싫어할 게 뻔했다. 하지만…….

"어머~ 어울리네~."

"감성이 어떻게 되어 먹은 거예요?"

뭐가 심금을 울린 건지, 마리야는 기쁜 듯 웃었다. 그리고 스마트폰을 꺼내 들어서 사진을 찍으려고(기록으로 남기려고) 했다.

"자아, 치즈."

"다, 당할 수야 없지."

"에이~, 괜찮잖아~."

마리야가 쥔 스마트폰의 렌즈를, 쇼핑백으로 막았다. 어느새 마사치카는 이 선배에게 주저 없이 태클을 날리게 됐다.

"자, 여기에는 홍차를 사러 온 거잖아요?"

"참, 맞아. 점장님~."

어찌어찌 촬영을 저지한 마사치카는 가게 구석에서 마리

야를 쳐다봤다.

마리야는 이 가게의 단골인지, 친분이 있는 듯한 초로의 점장과 이야기를 나누면서 찻잎의 향을 맡아봤다.

"쿠제는, 어느 게 괜찮아 보여?"

"아, 저는 홍차를 잘 모르거든요. 그리고 제가 마실 것도 아니고요."

마리야는 딱히 할 일이 없는 마사치카를 배려하려는 듯 의견을 구했지만, 그는 정중히 거절했다.

(뭐, 유키라면 저런 대화에 끼겠지만 말이야.)

스오우 가문의 영애인 유키라면 홍차에 관해서도 꽤 아는 편일 것이다.

마사치카가 그런 생각을 하는 사이, 아무래도 관심이 가는 홍차를 시음해보기로 한 것 같았다. 가게 안쪽에서 여성 점원이 종이컵 몇 개가 놓인 쟁반을 들고 왔다.

"으음~ 맛있어. 쿠제도 마셔볼래?"

종이컵에 든 홍차를 한 모금 맛본 마리야가 빙긋 웃으며 마사치카를 향해 손짓했다. 그 순간, 마사치카는 이 상황이 무엇을 의미하는지 눈치챘다.

(이, 이건…… 간접 키스 이벤트!)

간접 키스 같은 걸 개의치 않거나 모르는 여자애가, 자기가 마시던 컵이나 페트병을 남자에게 건네주는 이벤트. 수많은 러브 코미디 주인공의 가슴을 두근거리게 만들고, 막

대한 수치심을 대가 삼아 소소한 행운을 거머쥐는 이벤트!

(하지만, 나는 달라.)

이럴 때는 부끄러워하는 쪽의 패배, 의식하는 쪽의 패배라는 것을 너무나도 잘 알고 있다. 그렇다. 이럴 때일수록 스마트해야 한다. 스타일리시하게 성공시키는 것이다!

"그럼……."

결의를 다진 마사치카는 들고 있던 짐을 내려놓은 후, 스타일리시한 걸음걸이(마사치카 기준)로 마리야에게 다가갔—.

"자, 손님. 여기 있습니다."

"감사함다~."

여성 점원이 새 컵을 내밀자, 마사치카는 웃으며 그것을 받았다. 아무래도 처음부터 2인분을 준비했던 것 같았다. 센스와 배려심을 갖춘 좋은 가게다. 하지만, 마사치카는 이 배려가 하나도 기쁘지 않았다.

(끄아아아아아아아아—!! 부끄러워!! 부끄러워 죽겠네!!)

겉보기에는 웃으며 홍차를 홀짝이면서도, 마사치카는 마음속으로 부끄러워서 죽으려 했다.

"어때? 맛있지?"

"넵, 진짜로 맛있슴다."

"그렇지~?"

"넵."

운동부 선배를 대하는 심정으로 대답한 마사치카는 마음 속으로 바닥을 나뒹굴었다. 현실과 2차원의 구별을 못 하게 된 중증 오타쿠의 비애가 여실히 드러나고 있었다.

◇

“아, 돌아왔구나. 수고…… 어라, 굉장한 걸 들고 있는걸.”

학생회실에서 서류 작업을 하던 토우야는 마리야가 안아 든 봉제 인형을 쳐다보며 쓴웃음을 지었다.

“귀엽지?”

“뭐, 귀엽긴 한데…… 학생회실에 두려는 거야?”

“그래도 돼?”

“아니, 그러지 말아줬으면 좋겠는걸.”

“회장님, 이건 어디에 두면 될까요?”

마사치카가 쇼핑백을 들어 보이며 묻자, 자리에서 일어난 토우야가 내용물을 보러 왔다.

“어디 보자…… 음, 평범한 비품인걸. 고마워, 쿠제. 언니 쿠죠 혼자만 보냈다면 어떻게 됐을지…….”

“학생회실이 놀이동산으로 변해버렸겠죠.”

“……그래? 응, 정말 다행이야. 고마워.”

마리야가 안아 든 봉제 인형을 보고 뭔가를 눈치챈 토우야가 진지한 표정을 지으며 마사치카의 어깨를 두드렸다.

"쿠제, 어때? 학생회에 들어오지 않겠어?"

"아니, 그건 좀……. 가끔 돕는 거라면 괜찮지만요."

"그럼 이름만이라도 올려두는 편이 좋지 않을까? 아, 강요하는 건 아냐."

"오오, 언니 쿠죠는 찬성이구나."

"아니, 이름만 올려두라니…… 그럴 수는 없어요. 그리고 유키는 몰라도, 왜 회장님까지 저를 학생회 멤버로 삼고 싶어 하는 거죠?"

마사치카가 이해가 안 된다는 투로 묻자, 토우야는「이해가 안 되는 건 이쪽이야」하고 말하는 표정을 지으며 턱을 쓰다듬었다.

"흠…… 그러는 쿠제는 왜 그렇게 학생회에 들어오는 걸 싫어하는 거지? 그저 일이 많다는 이유만으로 그러는 것 같지는 않은데 말이야."

"……저는 학생회 임원에 걸맞지 않은 인간이니까요."

그 지위를 원하는 강한 의지도, 그 지위에 뒤따르는 책임을 짊어질 각오도 없는 자신에게 학생회 임원이란 자리는 어울리지 않는다. 표정이 어두워진 마사치카가 쓴웃음을 머금자,「흠?」하며 한쪽 눈썹을 치켜뜬 토우야가 고개를 갸웃거렸다.

"매우 걸맞다고 생각하는데 말이야. 중등부 학생회에서 어엿하게 부회장을 수행한 실적도 있잖아?"

"그 경험이 있어서 아는 거예요. 애초에 제가 부회장이 된 것도 유키가 부탁했기 때문이고요. ……저 자신이 그 지위를 얻어서 뭔가를 해내고 싶었던 건 아니에요."

"……흐음. 그게 뭐가 나쁘단 거지?"

"네?"

토우야가 이해가 안 된다는 투로 그렇게 말하자, 마사치카는 고개를 들었다. 그러자 토우야는 씨익 웃더니, 가슴을 펴며 말했다.

"나는 좋아하는 여자애가 나를 돌아보게 만들려고 학생회장이 됐거든? 너보다 훨씬 불순한 동기일 것 같은데 말이야! 하하하!"

"어? 그, 그런가요?"

토우야가 전혀 부끄럽지 않다는 듯 당당한 목소리로 그렇게 말하자, 마사치카는 허를 찔렸다. 깜짝 놀라 눈을 치켜뜬 마사치카에게, 토우야는 스마트폰을 조작해서 사진 한 장을 보여줬다.

"이걸 봐."

"……어? 으음, 동생 분인가요?"

"중학교 3학년 때의 나야."

"네?!"

그 사진에 실린 인물은 지금의 토우야와 하나도 닮지 않은, 솔직히 말해 시원찮아 보이는 비만 남성이었다.

퍼석퍼석한 머리카락과 촌스러운 안경, 여드름 범벅인 얼굴.

무엇보다 가로세로로 커다란 몸을 한껏 웅크리고 있는 모습에서는 지금의 토우야에게서 느껴지지 않는 비굴함마저 묻어나고 있었다.

"2년 전의 나는 보다시피 전형적인 아싸였지. 성적도 나쁘고, 운동도 못 했어. 솔직히 학교 자체도 그다지 좋아하지 않았지만…… 주제넘게도, 같은 학년의 2대 미녀 중 한 명을 좋아하게 된 거야."

"그 사람은……."

"그래. 부회장인 사라시나 치사키야."

회장과 부회장이 사귄다는 것은 학교 안에서도 유명한 이야기다. 그런 개인사에 흥미가 없는 마사치카도 알 정도로 말이다.

하지만 마사치카는 이제까지, 교내 신분 제도에서 최정상에 군림하는 엘리트 두 사람이 자연스럽게 연인 사이가 된 거라고 생각했다. 설마 최하층을 굴러다니던 이가 자이언트 킬링에 성공했을 줄은 꿈에도 몰랐다.

"그래서 그녀에게 어울리는 남자가 되기 위해, 죽을힘을 다해 노력했지. 회장 자리를 차지한 것도 그 노력의 일환이었던 거야. 어때? 불순하지 않아?"

"하하하……. 뭐, 그렇네요……."

본인이 이렇게 자신만만하게 이야기하니, 마사치카로서는 웃을 수밖에 없었다. 뭐라고 말하면 좋을지 몰라서 쓴웃음을 짓고 있는 마사치카에게, 토우야가 말했다.

"그러니 동기 같은 건 아무래도 상관없어. 저기 있는 언니쿠죠도, 치사키의 제안으로 학생회에 들어왔을 뿐이거든."

"그런가요?"

"응~. 뭐, 좀 흥미가 있기도 했어."

마리야는 포근한 미소를 지으며 그 말을 긍정했다. 그리고 마리야는 약간 진지한 표정을 지으며, 상냥하게 어르듯 말했다.

"나는 말이지? 동기가 어쨌든 간에 결과를 남기기만 하면 그걸로 충분하다고 생각해. 계기가 연심이든 우정이든 간에, 학생회의 일원으로서 학생들을 위해 활동하기만 하면 돼."

"그런, 가요?"

"그렇잖아? 그렇지 않다면, 정치가 같은 건 성인군자만 되어야 하는 거잖아."

"아하하. 뭐, 그것도 그렇네요."

마사치카가 비아냥과 유쾌함이 섞인 웃음을 흘리자, 토우야도 마리야의 말을 긍정하듯 고개를 끄덕였다.

"그런 거야. 동기가 어쨌든 간에, 학생회 부회장인 너는 회장인 스오우와 함께 어엿한 결과를 남겼지. 그것을 부끄럽게 여길 필요도, 마음의 짐으로 여길 필요도 없어."

그 말은, 마사치카의 마음에 큰 반향을 일으켰다.

쭉, 마음 한편에 죄책감이 존재했다. 아무리 실적을 남겨도, 「자신보다 이 자리에 어울리는 사람이 있다」라는 생각이 사라지지 않았다.

그 『누군가』에게서 지위를 빼앗았다는 마음의 짐이, 마사치카의 가슴속에 그림자를 드리우고 있었다.

주위에서 아무리 칭찬을 해줘도, 본인이 그것을 인정하지 못해서야 의미가 없다. 자기 긍정이 뒷받침되지 않는다면, 그 어떤 영광도 공허할 뿐이다. 하지만 지금, 마사치카는 토우야와 마리야의 말을 듣고 조금은 자기 자신을 인정하게 됐다.

"다른 사람을 회장으로 만들기 위해 학생회에 들어간다? 좋지. 나도, 치사키와 언니 쿠죠도 환영해. 누구도 그걸 가지고 불만을 표하게 두지 않겠어."

그렇게 말한 토우야가 자신감과 오만이 묻어나는 웃음을 흘리자, 마사치카는 약간 울고 싶어졌다. 그것이 과거의 자신을 용서한 것에서 비롯된 기쁨인지, 토우야가 지닌 빛에 대한 동경에서 비롯된 것인지는 알 수 없었다.

"……좀, 생각해볼게요."

"그래. 곰곰이 생각해보라고. 고민은 젊은이의 특권이거든."

"회장도 젊은이잖아~. 솔직히 말해 고등학교 2학년으로는 안 보이지만 말이야."

"하하하, 그런 말이라면 자주 들어! 일전에는 대학원생으로 오해받았지!"

밝게 웃는 상냥한 두 선배를 보며, 마사치카도 슬며시 웃음을 흘렸다.

(다른 사람을 회장으로 만들기 위해서…….)

토우야의 말을 마음속으로 되새긴 순간, 뇌리에 떠오른 인물 때문에 마사치카는 깜짝 놀랐다. 왜냐하면, 그 인물은 유키가 아니라…….

"……그러고 보니, 아랴는 오늘 어디 갔나요?"

마사치카는 생각을 바꾸기 위해 실내를 둘러보며 그렇게 말했다. 갑작스러운 화제 전환이지만, 토우야는 개의치 않으며 대답했다.

"아, 동생 쿠죠는 운동부 간의 다툼을 중재하러…… 그러고 보니 늦는걸."

"다툼? 그건……."

"주먹다짐이 아니니 안심하라고. 실은—."

이야기를 들어보니, 교정 사용권을 두고 축구부와 야구부가 다투는 것 같았다.

축구부와 야구부는 연습 장소로 교정을 이용하고 있다.

그리고 이 시기에는 야구부가 정례 교외 시합에 맞춰,

교정을 더 많이 이용했다.

하지만 올해는 축구부에서 그것을 두고 따졌다고 한다. 「축구부도 교외 시합을 하게 됐으니, 교정의 사용권을 양보해 달라」라고 주장한 것이다.

"매년 그렇게 해왔으니 양보할 수 없다고 주장하는 야구부와, 아무리 관례라고 해도 실적이 적은 야구부가 우선되는 건 말이 안 된다고 주장하는 축구부. 실제로 축구부는 최근 몇 년 동안 실적이 좋아졌지만, 야구부는 부원 숫자도 줄면서 축소되고 있거든……. 양쪽의 주장에 일리가 있으니, 좀처럼 결론이 안 나."

"아랴가 그들을 중재하러 간 건가요?"

"그래. 보통 이런 운동부 사이의 다툼은 치사키가 맡지만, 오늘은 검도부 쪽의 볼일 때문에 시간을 낼 수 없었거든. 이것도 경험이다 싶어서 동생 쿠죠에게 맡겨봤는데…… 꽤 난항을 겪고 있나 보군."

시계를 쳐다본 토우야는 창밖에 있는 운동부 부실이 있는 건물을 향해 고개를 돌렸다.

"……괜찮을까요?"

"응? 뭐, 흥분하더라도 난투극이 벌어지지는 않겠지."

토우야는 그렇게 말하며 어깨를 으쓱했다. 마리야도 딱히 걱정하는 기색을 보이지 않으며 사 온 비품을 정리하기 시작했다.

하지만 마사치카의 머릿속에는 일전에 주정뱅이 회사원과 일촉즉발의 상황에 처했던 아리사의 모습이 떠올랐다. 마사치카의 가슴속에, 불안이 퍼져나갔다.

"……그럼, 저는 이만 가볼게요."

"응. 조심해서 가봐."

"오늘 고마웠어. 다음에 답례할게."

"네."

정신이 다른 곳에 팔린 상태에서 선배들과 인사를 나눈 후, 마사치카는 학생회실을 나섰다.

"……싸움이 벌어진 건 아닌지, 확인만 할 거야."

그리고 듣는 사람도 없는데 그렇게 중얼거린 후, 현관이 아니라 운동부 부실로 걸음을 옮겼다.

◇

"그러니까! 관례라고는 해도 어차피 친선 시합 같은 거잖아? 우리는 대회를 앞두고 중요한 시합을 치른다고!"

"친선 시합이니까 중요한 거야! 상대측 학교와의 관계도 있고, 애초에 억지를 부리는 건 그쪽이잖아!"

축구부 부실은 그야말로 일촉즉발의 분위기에 사로잡혀 있었다. 이곳에 모인 축구부와 야구부의 상급생 십여 명은 두 진영으로 나뉘어서 한 걸음도 물러서지 않으며 눈싸움을 벌이고 있었다.

"진정하세요. 서로를 비난하기만 해봤자 문제는 해결되지 않잖아요?"

그들 사이에 선 아리사가 이미 몇 번이나 했던 말을 하며 중재하려 했지만, 그다지 효과는 없었다.

일단 아리사는 설득을 위한 재료로써, 학교 근처의 하천 부지를 새로운 연습 장소로 준비했다. 하지만 이번에는 어느 쪽이 교정을 이용하고, 어느 쪽이 하천 부지를 이용할지를 가지고 대립하기 시작했다.

논의는 평행선을 달렸고, 두 진영은 어느새 서로를 향해 비난을 퍼붓고 있었다.

아리사가 어떻게든 합의점을 찾으려 했지만, 흥분한 두 진영은 한 걸음도 양보하려 하지 않았다.

"축구부 쪽이 압도적으로 부원이 많아! 이동에 드는 수고를 생각하면 너희가 가는 게 맞다고!"

"그만큼 예산을 많이 받으니 됐잖아! 그걸로 모자라 연습 장소까지 빼앗겠다니, 다수의 폭력 아냐?!"

"진정하세요! 진정 좀 하세요!"

아리사는 그들을 진정시키기 위해 목청껏 외쳤지만, 그런 그녀도 이미 마음이 꺾이려 했다.

아무리 아리사라도, 연상에 덩치도 더 큰 남자들에게 둘러싸이니 겁이 났다.

게다가 꺼낸 제안마다 거절을 당하면서 양측으로부터 독설을 들었으니, 아무리 아리사라도 정신적으로 대미지를 입을 수밖에 없었다.

맡은 일에 대한 책임감과 지기 싫어하는 성격 덕분에 어찌어찌 버티고 있지만, 솔직히 한계에 다가서고 있었다.

(아무도…… 내 말을 들어주지 않아. 나는, 역시…….)

사람의 마음을, 움직일 수 없다.

예전부터, 어렴풋이 눈치챘다.

남을 항상 내려다봤고, 「어차피 아무도 나를 따라오지 못한다」며 밀쳐냈다. 남을 이해하는 것도, 다가서는 것도 거부해왔다.

이것이, 그 대가다.

대체 누가, 이런 인간의 말에 귀를 기울일까.

상대의 마음에 다가서려 하지 않고, 깔보듯 내려다보며 정론만 늘어놓는 인간의 말이 남의 마음을 움직일 수 있을 리 없다.

(나는…… 혼자야.)

아리사의 꺾이려 하는 마음에, 그 사실이 차가운 독처럼 퍼져나갔다.

알고 있다. 이렇게 되는 길을 선택한 건 자기 자신이다. 주위의 모든 인간을 경쟁 상대로만 인식하고, 누구에게도 지지 않으려 하며 살아왔다.

전부 자신이 선택한 것이기에, 어쩔 수 없다.

(그래, 알아. 안단, 말이야…….)

하지만, 하지만……!

【도와줘…….】

입에서 흘러나온 그 약한 소리는, 이 자리에 있는 그 누구도 알아들을 수 없는 러시아어였다.

자존심을 버리며 도망치지도, 우는 소리도 토하지 못했다. 하물며 솔직하게 도움을 청하는 것조차도 할 수 없었다.

마음 한편에 존재하는 냉정한 자신이「그러니까 너는 혼자인 거야」하고 매몰차게 말했다. 그 말이 옳다고 자조하면서, 아리사는 목소리를 쥐어짜 내서 떨리는 목소리로 말했다.

【누가 좀, 도와줘…….】

그 말은 너무나도 작고 볼품없지만, 아리사에게 있어서는 최선을 다한, 처절한 SOS였다.

고고한 소녀가 남에게 전할 생각 없이 툭하고 내뱉은 그 말은, 실내를 가득 채운 고함에 파묻혀 버릴…… 터였다.

드르르륵!

갑자기 미닫이문이 열리는 소리가 실내에 울려 퍼지자, 이 자리에 있는 모두의 시선이 일제히 문 쪽을 향했다.

그곳에는 평범한 외모를 지닌 한 남학생이 있었다.

넥타이 색깔로 볼 때, 1학년이었다. 딱히 체격이 좋지는 않았으며, 이 자리에 있는 남학생 중에서 가장 호리호리했다.

하지만 그 소년이 실내를 둘러본 순간, 이 자리에 있는 모두가 숨을 삼켰다. 그 소년이 뿜는 분위기에 삼켜지고 만 것이다.

방금까지 살기등등했던 상급생들을 시선만으로 조용하게 만든 소년은 당당히 부실 안으로 들어오더니…… 갑자기 헤실헤실 웃으며 말했다.

"안녕하세요~. 학생회에서 지원을 왔습니다. 학생회 서무인 쿠제 마사치카예요."

◇

축구부 부실 앞에 도착한 마사치카는 아리사가 고군분투하는 소리를 밖에서 듣고 있었다.

(더는 무리야, 아랴.)

홀로 필사적으로 말을 이어가는 아리사의 목소리를 들으며, 마사치카는 냉정한 판단을 내렸다.

양측은 지나칠 정도로 흥분했다. 일단 협의를 중단한 후, 다들 진정했을 즈음에 다시 대화를 나누는 편이 나을 것이다.

아리사는 총명하니 그것이 최선이라는 사실을 이미 알고 있을 것이다.

회장이 이 일을 자신에게 맡겼다는 사실에 부담감을 느낀 나머지, 물러서야 할 타이밍을 깨닫지 못한 걸까.

(……뭐, 불쌍하긴 하지만 이것도 경험이야.)

이대로 두면, 아리사가 중단을 제안하기도 전에 이 협의는 날 선 대립 끝에 결렬되고 말 것이다.

그렇게 된 후, 나중에 다시 자리를 마련하면 된다.

외부인인 자신이 괜히 끼어들 필요는 없고, 끼어들었다간 아리사의 긍지에 흠집이 날 것이다.

"힘내라고, 아랴."

마사치카는 작은 목소리로 성원을 보낸 후, 이 자리를 벗어나려—.

【도와줘…….】

뒤돌아선 마사치카의 등에, 작디작은 SOS가 전해졌다. 내디딘 발이, 지면에 붙은 것처럼 꿈쩍도 하지 않았다.

가늘고, 처절한 목소리.

이제까지 한 번도 들은 적이 없는, 도움을 청하는 그녀의 목소리.

가슴이 옥죄어들게 하는 그 목소리에, 마사치카는 머리카락을 쥐어뜯었다.

(으으, 젠장! 왜 그런 소리를 하는 건데!)

조금만 일찍, 이 자리를 벗어났어야 했다. 그랬다면, 그녀의 목소리를 듣지 않았을 것이다.

참 서툰 SOS였다. 회장이나 언니에게 도움을 청하면 될 텐데 말이다. 그러지 못하니까, 그녀는 항상 혼자인 것이다. 이러니까…….

【누가 좀, 도와줘…….】

도저히, 내버려 둘 수가 없다.

그래, 알았어
【Я понял.】

마사치카는 그렇게 중얼거린 후, 머리카락을 쓸어 올리며 뒤돌아섰다.

◇

갑작스러운 난입자에 많은 이들이 당혹스러워하는 가운데, 야구부 부장을 비롯한 일부 학생이 「쿠제……」 하고 중얼거리며 놀라워했다. 그들은 중등부 학생회 시절의 마사치카를 알고 있는 이들이었다.

"쿠, 제……."

놀라움과 당혹으로 가득 찬, 그러면서도 애처로움이 묻어나는 목소리로 자신을 부르는 아리사의 등을 가볍게 두드려준 마사치카는 그녀를 감싸듯 앞으로 나섰다.

"회장님한테 이야기를 얼추 듣기는 했는데, 교정과 하천부지 중 어느 곳을 어느 부에서 연습 장소로 쓸지를 가지고 다투고 있는 걸로 알면 될까요?"

"그래. 맞아."

"그렇군요."

마사치카의 질문에 답한 이는 이제까지 쭉 침묵을 지키고 있던 야구부 부장이었다.

다른 부원이 언성을 높이는 가운데, 쭉 침묵에 잠겨 있던 그는 기대와 신뢰가 반씩 섞인 눈길로 마사치카를 쳐다봤다.

그 시선에 부응하듯, 마사치카는 두 진영에 속한 이들 전원의 얼굴을 둘러본 후에 입을 뗐다.

"그럼 이렇게 하면 어떨까요? 이동하는 인원을 고려해, 야구부가 하천 부지로 가는 겁니다. 그 대신, 인원이 많은 축구부에서 도우미를 파견하는 거죠."

마사치카가 그런 제안을 하자 축구부는 당혹스러워했고, 야구부는 반감을 드러냈다.

"헛소리 마! 결국 우리가 손해를 보는 거잖아!"

"왜 우리가 하천 부지로 가야만 하는 건데!"

당연한 듯 항의가 터져 나왔다. 하지만 그것은 축구부 측에서 들려온 목소리에 의해 잦아들었다.

"그럼 매니저인 저희가 야구부를 도우러 갈게요."

그렇게 말한 이는 축구부의 매니저인 한 여학생이었다.

그 가련한 외모와 헌신적으로 선수들을 돕는 성품 때문에, 남학생 사이에서 상당한 인기를 자랑하는 축구부 선임 매니저였다.

뜻밖의 인물이 그런 의견을 내놓은 덕분에, 야구부 측에서는 「저 애가 와준다면야……」라는 분위기가 흘렀다. 하지만 이번에는 축구부 측에서 내키지 않아 하는 목소리가 흘러나왔다.

하지만 그것도 그녀의 「교정의 사용권을 양보받은 거니까, 이 정도는 해야 하지 않겠어요?」라는 한 마디에 잦아들었다.

"……내 생각에는 이 조건이 괜찮은 것 같은데, 어떻게 생각해?"

부원들의 분위기를 파악한 야구부 부장이 그렇게 묻자, 축구부 부장도 인상을 살짝 쓰면서 고개를 끄떡였다.

"그럼 결론이 난 걸로 알게요. 내일이라도 학생회에 신청하러 와주세요."

마사치카가 그렇게 마무리 지으면서, 두 진영의 협의는 의외의 형태로 깔끔하게 해결됐다.

◇

문제를 해결한 마사치카와 아리사는 본관을 향하며 복도를 걷고 있었다. 두 사람 사이에서는 대화가 없었으며, 시선을 마주하는 일도 없이 조용히 걸음만 내디디고 있었다.

"……저기~, 미안해."

이윽고 침묵을 견디다 못한 마사치카가 그렇게 말하자, 아리사는 의아한 표정을 지으며 그를 돌아보았다.

"멋대로 나서서 일을 진행했잖아. 네 얼굴에 내가 먹칠을 해버렸네."

"……됐어."

퉁명한 어조로 그렇게 말한 아리사가 다시 정면을 쳐다봤다. 하지만, 곧 앞을 바라보며「저기」하며 입을 뗐다.

"왜, 그런 제안을 한 거야?"

"응?"

"평범하게 생각해보면, 야구부가 그런 제안을 받아들일 리가 없어. 내 눈에는 그 선배가 도우미를 자처할 거라는 점을 네가 사전에 알고 있는 것처럼 보였어."

"흐음…… 용케 눈치챘네."

"당연하잖아. 너는 야구부가 항의하는데도 그 선배만 뚫어지게 쳐다보고 있었는걸."

아리사의 관찰안이 대단하다고 속으로 생각한 마사치카는 별것 아니라는 투로 어떻게 된 건지 밝혔다.

"비밀을 지켜줄 거지?"

"응? 알았어."

"그 매니저 선배…… 실은, 야구부 부장과 사귀는 사이야."

"뭐?!"

뜻밖의 정보를 접한 아리사는 눈을 치켜뜨며 마사치카를 쳐다봤다.

"야구부 부장은 아까 계속 입을 다물고 있었지? 그건 여친이 상대편에 있어서 세게 나갈 수가 없었던 거야. 공사 혼동이나 다름없지만, 어쩔 수 없긴 해."

"그랬, 구나……."

"그리고 여친 또한 자기들 쪽에서 억지를 부리고 있다는 걸 아니까 불편할 수밖에 없어. 그러니 내가 그런 제안을 하면 받아들일 거라고 생각한 거야."

"……그래."

"야구부는 귀여운 여자애들이 연습을 도와주니 해피하고, 축구부는 교정을 독점할 수 있으니 해피해. 그 두 사람도 다른 부라는 벽을 넘어 연습 데이트를 할 수 있으니 해피할 거야. 이야, 그야말로 일석삼조네!"

아무것도 모르는 야구부 일반 부원들이 손해를 본 것 같기도 하지만 말이야, 하고 마사치카는 덧붙여 말했다. 아리사도 그런 마사치카를 쳐다보며 슬며시 웃음을 흘렸다.

"……어—."

하지만 바로 그때, 본관으로 이어지는 복도 끝에 서 있는 한 남학생을 본 마사치카는 쓴웃음을 머금었다.

"여어, 이야기는 잘 끝났어?"

"회장님……."

그 사람은 바로 토우야였다. 마사치카가 아리사와 함께 있다는 사실에 의문을 품지도 않으며, 모든 것을 내다보고 있는 듯한 미소를 머금었다.

"……야구부가 하천 부지를 이용하는 대신, 교정을 쓰는 축구부의 매니저가 야구부를 도와주는 쪽으로 이야기가 정리됐어요. ……쿠제 덕분에 잘 마무리됐어요."

"그래. 고생했어, 동생 쿠죠."

아리사가 담담하게 사실을 말하자, 토우야는 괜한 소리를 하지 않으며 그녀에게 수고했다고 말했다. 마사치카는 그런 토우야를 향해 반항하듯 도끼눈을 떴다.

"전부, 계획대로 된 건가요?"

"응? 딱히 그런 건 아닌데 말이야."

"『그게 무슨 소리지?』 하고 말하지 않는 걸 보면, 확신범이라고 봐도 되겠네요."

"어이쿠…… 한 방 먹었는걸."

토우야가 양손을 들며 그렇게 말하자, 마사치카는 김이 샌 것처럼 한숨을 내쉬었다.

"자, 어때? 이제 결심이 섰으려나?"

"……."

역시 전부 내다본 거냐, 하고 생각한 마사치카는 결국 순순히 백기를 들었다.

"네, 뭐…… 쿠제 마사치카, 학생회에 들어가도록 하겠습니다."

"응, 잘 부탁해."

사나이 냄새 풀풀 풍기는 미소를 머금은 토우야와, 졌다는 듯 쓴웃음을 머금은 마사치카. 대조적인 미소를 짓고 있는 두 사람이 악수를 나눴다.

아리사는 한 걸음 물러선 곳에서 그 모습을 보며 복잡한 표정을 지었다.

에필로그 이 손을

"하아~, 덫에 걸려든 느낌이라 석연치 않지만…… 자업자득이라고 해야 하려나."

토우야에게 「오늘은 늦었으니까, 내일 정식으로 서류를 가지고 와」란 말을 들은 마사치카는 마찬가지로 「오늘 네 일은 이제 끝났어」라는 말을 들은 아리사와 함께 정문을 향해 어둠 속을 걷고 있었다.

투덜거리며 걷는 마사치카를, 아리사는 고개를 약간 숙인 채 아무 말 없이 뒤따르고 있었다.

하지만 교문으로 이어지는 길을 반쯤 나아갔을 즈음, 아리사는 멈춰 서면서 「저기」 하고 마사치카를 향해 말했다.

"응? 왜 그래?"

"……."

마사치카가 멈춰 서며 뒤돌아봤지만, 아리사는 아무 말도 하지 못했다. 복잡한 감정이 어린 푸른 눈으로, 마사치카를 지그시 응시하고만 있었다.

그런 아리사를, 마사치카도 차분한 눈길로 응시했다.

"진짜로, 학생회에 들어올 거야?"

“그래.”

“그건…….”

아리사는 말을 멈추더니, 곧 각오가 어린 어조로 물었다.

“유키 양과 함께, 회장 선거에 나가기 위해서야?”

“……그렇다면 어쩔 건데?”

아리사의 질문에, 마사치카도 질문으로 답했다.

“그런 이유라면, 어쩔 건데? 회장이 되는 걸 포기할 거야?”

“……아냐.”

마사치카가 도발에 가까운 질문을 던지자, 아리사는 물러터진 생각을 떨쳐버리려는 듯 잠시 눈을 감았다. 그리고, 강렬한 빛이 어린 눈동자로 그를 주시하며 대답했다.

“나는, 반드시 학생회장이 될 거야. ……설령, 네가 경쟁상대더라도, 절대 포기하지 않겠어.”

그 강렬한 눈동자를 본 마사치카는 굳어 있던 표정을 풀었다.

이 빛을 보고 싶었다.

이 빛을, 지키고 싶었다.

저 위태로울 정도로 고결한 혼의 빛을 동경하기에, 그 빛을 지키기 위해 도왔다.

이제까지는, 몰래.

하지만, 이제부터는…….

“……그래.”

"윽."

마사치카가 눈을 감은 채로 고개를 끄덕이자, 아리사는 입술을 꼭 깨물었다. 아리사가 고개를 약간 숙이자, 마사치카는 눈을 힘차게 뜨면서 딱 잘라 말했다.

"그럼 내가 너를 학생회장으로 만들어주겠어."

"뭐……?"

아리사는 얼이 나간 표정으로 마사치카를 올려다보았다. 그 흔들리는 눈동자를 똑바로 쳐다보며, 마사치카는 아리사를 향해 손을 내밀었다.

"네가 원한다면, 내가 온 힘을 다해 너를 학생회장으로 만들어줄게. 더는 너를 외톨이로 만들지 않겠어. 이제부터는 내가 옆에서 네 버팀목이 되어줄게. 그러니까…… 잔말 말고 내 손을 잡아! 아랴!"

마사치카가 그렇게 말하자, 아리사의 내면에서는 다양한 말이 떠올랐다가 사라졌다.

「왜?」, 「어째서 나야?」, 「유키 양이 아니라?」 그런 의문이 떠올랐지만, 마사치카의 결연한 시선 앞에서 전부 녹아서 사라졌다.

(아아, 그래…….)

문뜩, 아리사는 눈치챘다. 마사치카는, 꿰뚫어 보고 있었다. 아리사의…… 고집불통 같은 성미를 말이다.

그래서, 이렇게 말한 것이다. 「도와줘」도, 「함께 싸워줘」

도 필요 없다. 아무 말 없이 자기 손을 잡으라고 말이다.

(아아…….)

쭉, 혼자였다. 자기 이외의 모든 사람을 경쟁 상대로 여기며 내려다보기만 하는 자신에게는, 아군이라 부를 만한 이가 생길 리 없다고 여겼다.

하지만…… 만약, 이렇게 못난 자신을 조건 없이 받아주며 아군이 되어주는 사람이 있다면. 만약, 그런 존재가 있다면…….

"……윽!"

가슴속에서 치밀어 오른 이 감정은 대체 뭘까. 아리사는 알 수 없었다.

감동?

갈망?

환희?

전부 맞는 것 같으면서, 전부 아닌 것도 같았다.

격렬한 감정의 파도에 휩쓸린 아리사는 왠지 눈물이 날 것만 같았다.

하지만, 눈물은 흘리지 않았다.

그런 모습을, 눈앞의 소년에게 보여주고 싶지 않다.

그리고, 자신이 그런 모습을 보이길 그도 바라지 않으리라.

그래서, 가슴을 펴며 앞을 바라보았다.

딱히 도움을 바란 적 없다.

아양을 떨지도, 매달리지도 않는, 그저 대등한 상대로서…… 그 손을 잡았다.

"앞으로 잘 부탁해. 아랴."

그 의지가 전해진 건지, 마사치카는 작게 웃으며 고개를 끄덕였다.

어디까지나, 대등한 파트너로서.

그 은근한 상냥함을 느낀 아리사는 입가에 들어간 힘을 빼더니, 만개한 꽃처럼 아름다운 미소를 머금었다.

희미하게 벌어진 입술 사이에서, 진심 어린 목소리가 흘러나왔다.

"고마워."

그리고…….

Я тебя любю

본인도 의도하지 않게 흘린 그 중얼거림에, 이제까지 한 번도 본 적이 없는 그 진심 어린 미소에, 마사치카의 심장은 미친 듯이 뛰었다.

그와 동시에, 머나먼 그날의 그리운 기억이…… 그 미소가, 뇌리에 떠올랐다.

(이, 이게, 뭐야.)

두근두근하며 뛰는 심장. 그것은 그 애가 사라진 이후로 두 번 다시 느낄 일이 없을 거라 여겼던, 사랑의 두근거림이었다.

(하, 하하…… 맙소사. 내 안에 아직 이런 감정이 남아 있었던 거냐.)

눈앞의 소녀에게서 시선을 뗄 수 없다. 그녀에게 잡힌 손이 뜨겁다. ……? 뜨겁다기보다…… 아파?

"윽?! 아야야야!! 왜 이러는 거야?!"

어느새 얼음장 같은 미소를 머금은 아리사가 마사치카의 손을 으스러뜨리려는 듯 두 팔에 힘을 주고 있었다.

비명을 지르면서 몸을 낫처럼 구부린 마사치카는 의문과 항의가 담긴 시선을 아리사에게 보냈다. 그 시선을 절대영도의 시선으로 요격하면서, 아리사는 낮은 목소리로 말했다.

"방금…… 다른 여자를 생각했지?"

"어떻게 알았어?! 앗……."

반사적으로 대답해버린 마사치카는 「아차!」 하고 생각했지만, 이미 늦었다. 그리고 자기가 쓰레기 같은 짓을 했다는 것을 자각하며 식은땀을 흘렸다.

(큰일 났다, 큰일 났다, 큰일 났어! 여성에게 고백을 받으면서 다른 여성을 떠올리다니, 고백 이벤트에서 러브 코미디 주인공이 하면 안 되는 짓 랭킹 제2위잖아!)

참고로 제1위는 고백을 제대로 못 알아듣는 것이다. 이것은 히로인은 제쳐두고, 독자의 호감도를 대폭 하락시키기 때문에 절대 해선 안 된다.

(……아, 이럴 때가 아니지!)

무심코 오타쿠 방면으로 현실도피를 하려고 하는 머릿속을, 억지로 되돌렸다.

하지만 리얼 연애의 경험치를 초등학생 이후로 얻지 못했던 마사치카는 이 상황을 타개할 방법이 생각나지 않았다.

그러는 사이, 차가운 미소를 머금은 아리사가 먼저 입을 열었다.

"저기 말이야."

"아, 네?"

"아까 『내 버팀목이 되어주겠다』고 말했지?"

"아, 으음, 네. 그렇게 말했고, 말고요."

이렇게 들으니 얼굴이 화끈거렸지만, 아리사의 날카롭고 차가운 눈빛을 받으면서는 멋쩍은 미소가 아니라 딱딱한 미소만 겨우 지을 수 있었다.

"그런 말을 한 직후…… 유키 양을 생각한 거구나."
"아니, 유키가 아닌데……."
"……흐음."
"이, 이봐?! 진짜로 아프거든?!"
유키가 아니라는 말을 듣자마자 또 손에 힘을 주는 아리사를 본 마사치카는 「왜 이러는 건데?!」 하고 마음속으로 외쳤다.
"쿠제."
"넵!"
"용서받고 싶으면…… 잔말 말고 딱 대기나 해."
"……네."
천천히 왼손을 치켜드는 아리사를 본 마사치카는 그 의도를 이해하고 눈을 감았다.
그 직후, 오른쪽 볼에 엄청난 충격이 가해진 마사치카는 비유가 아니라 진짜로 내동댕이쳐졌다.
"헤, 헤헤…… 나이스 따귀."
"……바보."
마사치카는 한심하게 지면을 뒹굴면서 아리사를 향해 엄지를 치켜들었다. 그런 마사치카를 한심하다는 듯 쳐다보던 아리사는 아까 자기가 말한 것처럼 분노를 가라앉히며 손을 내밀었다.
그 손을 잡고 몸을 일으킨 마사치카는 바지의 흙을 털었다.

"……돌아갈까?"

"그래."

그리고 두 사람은 나란히 걸음을 옮기며 하교했다. 몸을 맞대지도, 서먹하게 떨어져서 걷지도 않으며, 손만 뻗으면 자연스럽게 손을 맞잡을 수 있는 거리에서 말이다.

"이야, 여자애에게 따귀를 맞은 건 처음이야. 남자로서의 경험치가 상승했네."

"아까 쓰러지면서 머리를 다친 거야?"

"뇌에 문제가 생긴 건 아니거든?!"

"하긴, 원래부터 뇌에 문제가 있었잖아."

"한때 신동이라 불렸던 이 수재한테 무슨 소리를 하는 거야?"

"신동? ……흐음~."

"아, 눈곱만큼도 믿지 않는 눈빛이네."

서로가 평소와 다름없는 태도를 보인다는 사실에 내심 안도하면서, 평소보다 조금 붙어서 걸음을 옮겼다. 그리고, 아리사가 사는 맨션 앞에 도착했을 때, 그녀는 약간 걱정 섞인 표정을 지었다.

"……볼, 괜찮아? 냉찜질이라도 할래?"

빰을 때린 게 신경이 쓰이긴 했나 보다고 생각한 마사치카는 쓴웃음을 머금으며 밝은 목소리로 말했다.

"아, 괜찮아. 오른쪽 볼에 감각이 없지만, 치과에서 마취를 했다고 생각하면 별거 아냐!"

"그건 괜찮은 게 아니잖아……."

마사치카가 농담으로 답하자, 아리사는 어처구니없다는 듯 어깨를 으쓱했다. 그리고 뭔가를 눈치챈 것처럼 고개를 들더니, 검지로 마사치카의 볼을 살짝 눌렀다.

"진짜로, 감각이 없는 거야?"

"아, 그게…… 농담이거든? 감각이 둔해진 건 사실이지만 말이야."

"……그렇구나."

가슴이 두근거린 마사치카가 그렇게 대답하자, 아리사는 훗 하고 웃었다. 다음 순간, 마사치카의 두 어깨에 손을 얹은 아리사가 얼굴을 내밀었다.

"어?"

갑작스러운 사태에 놀라 굳어버린 마사치카의 오른쪽 볼에 부드러운 무언가가 닿더니, 귓가에서 쪽 하는 소리가 들려왔다.

"어?"

마사치카가 얼이 나가며 눈을 치켜뜨자, 재빨리 몸을 뗀 아리사가 놀리는 듯한 눈길로 그를 쳐다보았다.

"뭘 그렇게 놀라는 거야? 그냥 볼 키스를 했을 뿐이잖아."

"그냥…… 아니, 보통 볼 키스는 볼을 맞대기만 할 뿐……."

"맞아. 실제로 키스를 하는 게 아니라, 입으로 소리만 내."

"아니, 하지만…… 어라?"

방금 감촉은…… 대체, 어느 쪽이지??

"그럼 내일 봐."

"으, 응……. 내일 보자."

아리사가 손을 흔들며 맨션 안으로 들어가자, 마사치카는 마음이 다른 곳에 간 상태에서 그런 그녀를 배웅했다. 그리고 그녀의 등이 시야에서 사라지자, 그는 머리를 감싸 쥐며 그 자리에서 몸을 웅크렸다.

"으으~~? 아니, 진짜로 어느 쪽인 거야??"

마사치카는 아직도 열기를 뿜고 있는 볼을 매만지며, 아까 느낀 감촉을 필사적으로 떠올렸다. 하지만, 아무리 기억을 파헤쳐도 답을 찾아내지 못했다.

"아랴~~ 러시아어로 정답을 말해줘~."

어두운 밤길에, 마사치카의 한심한 목소리가 울려 퍼졌다.

■ 작가 후기

안녕하십니까, 여러분. 작가인 SUN SUN SUN입니다. 이 책을 구매해주셔서 감사합니다. 구매하지 않고 친구한테서 빌려보신 분께서는 부디 한 권 구매해주십시오. 서점에서 훑어보고 계신 분께서는 이 책을 들고 계산대로 가주시면 감사하겠습니다.

데뷔작 후기에서 책 사라고 되게 강요하네~ 하고 생각한 당신. 유감스럽게도, 저는 원래 이런 스타일입니다. 책날개 부분의 작가 소개란에서는 우연히 정상적이었을 뿐입니다. 실은 지금도 담당 편집자님을 생각해 법정 속도를 지키고 있는 축에 속합니다. 원래의 제가 어떤 인간이냐면,

(차마 독자 여러분에게 보여드리기 힘든 문장이라 생략했습니다. 양해 부탁드립니다.)

뭐, 이런 느낌입니다. 어? 아직 한 페이지도 못 채웠어? 한 2000자는 썼는데…… 어쩔 수 없군요. 폭주는 충분히 했으니 이제부터 좀 진지한 태도로 가보겠습니다.

작가 소개란에서 밝혔다시피, 저는 「소설가가 되자」 출신의 작가입니다. 하지만 『서적화를 꿈꾸며 진심으로 글을

쓰는 사람』(빡겜파)이 아니라, 자타공인『그냥 소설을 쓰며 즐기는 사람』(즐겜파)이었습니다. 제대로 연재하기보다는 괜찮은 소재가 생각날 때마다 단편만 썼죠.

이 작품은 그런 제가 「소설가가 되자」에 투고한 단편『가끔씩 툭하고 러시아어로 부끄러워하는 옆자리의 아랴 양』이 담당 편집자님의 눈에 들어서, 콘셉트만 그대로 가져와서 완전히 새롭게 쓴 것입니다. 만화 잡지에서 흔히 있는, 단편작이 연재로 승격되는 느낌이죠. 이건 저에게 있어 뜻밖의 일이었습니다.

완전 신규인지라 주인공과 히로인이 아예 별개의 사람이 됐습니다만, 독자 여러분이 보기엔 어떠신지요. 조금이라도 히로인이 귀엽다, 주인공이 멋지다고 느꼈다면 다행입니다. 유키? 두말할 것도 없이 귀여우니 딱히 걱정 안 합니다(이봐).

마지막으로, 이 책을 집필하는데 있어 막대한 도움을 주신 미야카와 나츠키 담당 편집자님. 저 같은 아마추어 작가의 작품에 미려하기 그지없는 일러스트를 그려주신 모모코 선생님. 완벽한 쇼트 만화를 완성해주신 타피오카 선생님. 히로인인 아랴의 목소리를 맡아주신 우에사카 스미레 님. 마사치카의 목소리를 맡아주신 아마사키 코헤이 님.

추천 코멘트를 적어주신 시메사바 선생님, 카미시로 쿄스케 선생님. 그리고 이 작품을 읽어주신 독자 여러분께 무궁

한 감사를 올립니다. 감사드립니다! 2권을 통해 다시 뵐 수 있기를 진심으로 빕니다. 그럼 이만 실례하겠습니다.

『러시부끄』
잘 부탁드립니다♡
momoco

■ 역자 후기

안녕하십니까. 근로청년 번역가 이승원입니다.

이번에『가끔씩 툭하고 러시아어로 부끄러워하는 옆자리의 아랴 양』의 번역을 담당하게 되었습니다.

잘 부탁드립니다!

『가끔씩 툭하고 러시아어로 부끄러워하는 옆자리의 아랴 양』이 어떤 내용인지는…… 네. 제목에 다 나와 있습니다.

히로인인 아리사 미하일로브나 쿠죠 양, 애칭 아랴 양께서는 진짜로『가끔씩 툭하고 러시아어로 부끄러워』합니다! 네, 진짜입니다!

은유도, 반어법도, 복선도, 미스리드도, 그리고 제목 사기도 아닙니다! 진 · 짜 · 로『가끔씩 툭하고 러시아어로 부끄러워하는 옆자리의 아랴 양』입니다! 그게 다예요!

문제는『가끔씩 툭하고 러시아어로 부끄러워하는 옆자리의 아랴 양』께서 너무 귀엽고 매력이 넘친다는 겁니다, AHAHA.

홍차의 나라(-_-;) 출신 미소녀답게 얼음장처럼 차가워 보이지만, 주인공인 쿠제 마사치카 앞에서는 때때로 러시아어로 애교 및 부끄러운 소리를 하는 아랴 양. 아랴 양은 상대방이 알아들을 리 없다고 철석같이 믿고 있습니다만…… 사실 쿠제는 러시아어를 다 알아듣습니다, AHAHA.

옆자리 남학생이 러시아어를 알아들을 리 없다고 믿는 은발 미소녀와, 러시아어를 알아들으면서도 시치미를 뚝 떼고 있는 무기력 남학생……. 두 사람이 앞으로 어떤 이야기를 만들어 나갈지, 저도 독자 여러분과 함께 기대할까 합니다!

그럼 이만 줄이겠습니다.

L노벨 편집부 여러분, 항상 재미있는 작품을 맡겨주셔서 감사합니다. 이번 신작도 정말 최고입니다!

한파주의보 발령된 날에 이사 가는 악우여. 도와주러 가긴 하겠는데…… 꼭 이날에 이사해야 했던 것이더냐.ㅠㅜ

마지막으로 언제나 제게 버팀목이 되어주시는 어머니와 『가끔씩 툭하고 러시아어로 부끄러워하는 옆자리의 아랴 양』을 읽어주신 모든 분께 진심으로 감사드립니다.

러시안 여고생이 새로운 경지(?)를 개척하는 『가끔씩 툭하고 러시아어로 부끄러워하는 옆자리의 아랴 양』 2권 역자 후기 코너에서 다시 뵙겠습니다!

2022년 2월 중순

역자 이승원 올림

가끔씩 툭하고 러시아어로 부끄러워하는 옆자리의 아랴 양 1

1판 1쇄 발행 2022년 5월 10일
1판 9쇄 발행 2024년 8월 14일

지은이_ Sunsunsun
일러스트_ Momoco
옮긴이_ 이승원

발행인_ 최원영
본부장_ 장혜경
편집장_ 김승신
편집진행_ 권세라 · 최혁수 · 김경민 · 최정민
커버디자인_ 양우연
국제업무_ 박진해 · 조은지 · 남궁명일
관리 · 영업_ 김민원 · 조은걸

펴낸곳_ (주)디앤씨미디어
등록_ 2002년 4월 25일 제20-260호
주소_ 서울시 구로구 디지털로 32길 30, 코오롱디지털타워빌란트 1301-1308호
전화_ 02-333-2513(대표)
팩시밀리_ 02-333-2514
이메일_ lnovellove@naver.com
L노벨 공식 카페_ http://cafe.naver.com/lnovel11

TOKIDOKI BOSOTTO ROSHIAGO DE DERERU TONARI NO ARYA SAN Vol.1
©Sunsunsun, Momoco 2021
First published in Japan in 2021 by KADOKAWA CORPORATION, Tokyo.
Korean translation rights arranged with KADOKAWA CORPORATION, Tokyo.

ISBN 979-11-278-6440-8 04830
ISBN 979-11-278-6439-2 (세트)

값 7,800원

*이 책의 한국어판 저작권은 KADOKAWA CORPORATION과의 독점 계약으로
(주)디앤씨미디어에 있습니다.
저작권법에 의해 한국 내에서 보호를 받는 저작물이므로 무단전재와 복제를 금합니다.

*잘못된 책은 구매처에 문의하십시오.

©Kyosuke Kamishiro, TakayaKi 2020
KADOKAWA CORPORATION

새 엄마가 데려온 딸이 전 여친이었다 1~5권

카미시로 쿄스케 지음 | 타카야Ki 일러스트 | 이승원 옮김

어느 중학교에서 어느 남녀가 연인 사이가 되고,
꽁냥꽁냥거리다, 사소한 일로 엇갈리더니,
두근거림보다 짜증을 느낄 때가 더 많아진 끝에…… 졸업을 계기로 헤어졌다.
그리고 고등학교 입학을 코앞에 둔 두 사람은—
이리도 미즈토와 아야이 유메는, 뜻밖의 형태로 재회한다.
"당연히 내가 오빠지.", "당연히 내가 누나 아냐?"
부모 재혼 상대의 딸이, 얼마 전에 헤어진 전 연인이었다?!
부모님을 배려한 두 사람은『이성으로 여기며 의식하면 패배』라는
「남매 룰」을 만들지만—
목욕 직후의 대면에, 둘만의 등하교……
그 시절의 추억과 한 지붕 아래에 산다는 상황 속에서,
서로를 의식하고 마는데?!

NOVEL

라이트노벨의 새로운 빛! L노벨의 신간은 매월 10일에 발매됩니다. http://cafe.naver.com/lnovel11

Copyright © 2020 mikawaghost
Illustrations copyright © 2020 tomari
SB Creative Corp.

친구 여동생이 나한테만 짜증나게 군다 1~6권

미카와 고스트 지음 | 토마리 일러스트 | 이승원 옮김

교우 관계 사절, 남녀 교제 거부, 친구라고는 진정으로 가치 있는 단 한 사람 뿐.
청춘의 모든 것을 「비효율」적이라 여기며 거절하는
나, 오오보시 아키테루의 방에 눌러앉아있는 녀석이 있다.
내 여동생도, 친구도 아니다.
짜증나고 성가신 후배이자 내 절친의 여동생인 코히나타 이로하다.
"선배~, 데이트해요! ……라고 말할 줄 알았어요~?"
혈관에 에너지 음료가 흐르고 있는 듯한 이 녀석은
내 침대를 점거하고, 미인계로 나를 놀리는 등, 나한테 엄청 짜증나게 군다.
그런데 왜 다들 나를 부러워하는 거지?
알고 보니 이로하 녀석도 남들 앞에서는 밝고 청초한 우등생인 척하기 때문에
엄청 인기가 좋은 모양이다.
이봐…… 너는 왜 나한테만 짜증나게 구는 거냐고.

끝내주는 짜증귀엽 청춘 러브코미디, 스타트!!

NOVEL

라이트노벨의 새로운 빛! L노벨의 신간은 매월 10일에 발매됩니다. http://cafe.naver.com/lnovel11

©Satoshi Wagahara 2021
Illustration : Aco Arisaka
KADOKAWA CORPORATION

드라큘라 야근! 1~3권

와가하라 사토시 지음 | 아리사카 아코 일러스트 | 박경용 옮김

태양의 빛을 쬐면 재가 되어버리는 존재, 흡혈귀.
밤에만 활동할 수 있는 그들이지만, 현대에는 생각보다 문제없이 생활하고 있었다.
그렇다. 왜냐하면 "야근"으로 일할 수 있으니까—.
토라키 유라는 현대에 살아가는 흡혈귀.
일하는 곳은 이케부쿠로의 편의점(야근 한정),
주거지는 일조권이 최악인 반지하(차광 커튼 필수).
인간으로 돌아가기 위해서, 바르고 떳떳한 사회생활을 보내고 있다.
그런데 어느 날 주정뱅이에게서 금발 미소녀를 구했더니,
놀랍게도 그녀는 흡혈귀 퇴치를 생업으로 하는 수녀 아이리스였다!
게다가 천적인 그녀가 그의 집으로 굴러들어오게 되는데—?!
토라키의 평온한 흡혈귀 생활은 대체 어찌 되는가?!

『알바 뛰는 마왕님!』의 와가하라 사토시가
선물하는 드라큘라 일상 판타지!

NOVEL

라이트노벨의 새로운 빛! L노벨의 신간은 매월 10일에 발매됩니다. http://cafe.naver.com/lnovel11

© MasamiT/OVERLAP
Illustration icomochi

흑연의 성자 1~2권

마사미티 지음 | 이코모치 일러스트 | 이경인 옮김

최강 클래스의 직업【성자】인 러셀은
소꿉친구와 파티를 맺고 여행하고 있었다.
그러나 멤버 전원이 회복마법을 익히게 되자,
회복밖에 할 수 없는【성자】는 짐짝이 되었고……
러셀은 추방당하고 만다.
태어난 고향으로 돌아오자마자
마물의 습격을 받던 수수께끼의 미녀, 시빌라를 구한 러셀.
그는 던전이나 직업에 박식한 시빌라와 협력해서 새로운 던전 공략에 나선다.
공략은 순조로워 보였지만…… 인류 최대의 적『마왕』과 마주치게 되는데?!
최대의 궁지 앞에서, 자신에게 잠든 무한의 마력과 시빌라의 인도를 받아
러셀은 최강의 힘을 손에 넣는다—!

NOVEL

라이트노벨의 새로운 빛! L노벨의 신간은 매월 10일에 발매됩니다. http://cafe.naver.com/lnovel11

©Taro Hitsuji, Asagi Tosaka 2020
KADOKAWA CORPORATION

옛 원칙의 마법기사 1권

히츠지 타로 지음 | 토사카 아사기 일러스트 | 송재희 옮김

「기사는 진실만을 말한다」
「그 마음에 용기의 불을 밝히어」
「그 검은 약자를 지키고」
「그 힘은 선을 지지하며」
「그 분노는— 악을 멸한다」
전설 시대 최강의 기사라고 평가받는 동시에『야만인』이라는 이명을 가진 시드 블리체.
캘바니아의 젊은「왕자」에 의해 부활한 남자는 마법기사 학교의 교관으로 부임한다.
창설자 기사의 이념을 이어받은 네 개의 교실 중에서
그가 배속된 곳은 공교롭게도 자신의 이름이 붙은 낙오 학급(클래스)인데…….
"너희 말이야, 기사로서 부끄럽지 않아? —일단 검을 버려."

최강의 기사는 야만인—. 새로운「교관」시리즈 개막!

NOVEL

라이트노벨의 새로운 빛! L노벨의 신간은 매월 10일에 발매됩니다. http://cafe.naver.com/lnovel11

© 2021 Wataru WATARI / SHOGAKUKAN
Illustrated by PONKAN⑧

역시 내 청춘 러브코메디는 잘못됐다. 결 1권

와타리 와타루 지음 | 퐁칸⑧ 일러스트

차가운 겨울바람이 부는 크리스마스.
소소하지만 따스한 파티가 끝나고, 유이는 자기 안에도 싹튼「마음」을 깨닫는다.
부질없는 기도도, 이루어지지 않는 소망도 분명히 있다.
그래도 바라게 된다. 사실은 거짓말이라도 좋다.
설령 잘못됐더라도, 옳지 않더라도 그 손을 쥐고 있고 싶다—.
많은 사람이 바라는 것을 원하는 밤.
소망의 수만큼, 마음의 수만큼 다하지 못한 이야기가 있다.
……그러니까 이것은 유이가하마 유이의 이야기.

전 세계 누계 1000만 부를 돌파한 청춘 소설의 금자탑
「역내청」이 들려주는 또 하나의 이야기,「결」이 시작된다!

NOVEL

라이트노벨의 새로운 빛! L노벨의 신간은 매월 10일에 발매됩니다. http://cafe.naver.com/lnovel11